中国现代小说经典文库

洪灵菲 （下）

主编：黄勇

汕头大学出版社

流 亡

一

约莫是晚上十点钟了，天上没有星，也没有月，只是下着丝丝微雨。是暮春天气，被树林包住着的 T 村（这村离革命发祥地的 C 城不到一里路远），这时正被薄寒和凄静占据着。

在一座纠缠着牵牛藤的斋寺门口，忽然有四条人影在蠕动着。这四条人影，远远地望去，虽然不能够把他们的面容看清楚，但他们蠕动的方向，大概是可以约略看出的。他们从这座斋寺右转，溜过一条靠墙翳树的小道，再左转直走，不久便溜到一座颓老的古屋去。

这古屋因为年纪太老了，它的颜色和着夜色一样幽暗。它的门口有两株大龙眼树蟠据着，繁枝密叶，飒飒作声。这些人影中间，一个状似中年妇人的把锁着的门，轻轻地，不敢弄出声音来地，用钥匙开着。余的这几条人影都幽幽地塞进这古屋里去。这状类中年妇人的也随着进来，把她同行的另一位状类妇人的手上持着的灯，拿过手来点亮着，放在门侧的一只椅子上。她们幽幽地耳语了一回，这两个状似妇人的，便又踏着足尖走出门外，把门依旧锁着，径自去了。

这时候，屋里留下的只是一对人影；这对人影从凄暗的灯光下，可以把他们一男一女的状貌看出来，那男的是个瘦长身材，广额，隆鼻，目光炯炯有神。又是英伟，又是清瘦，年约二十三四岁的样子。那女的约莫十八九岁，穿着一身女学生制服，剪发，身材俊俏，面部秀润，面颊象玫瑰花色一样，眼媚，唇怯。这时候，两人的态度都是又是战栗，又是高兴的样子。照这古屋里的鬼气阴森和时觉奇臭这方面考察起来，我们不难想象到这个地方原为租给人家安放着棺材之用。屋里的老鼠，实在是太多了，它们这样不顾一切的噪闹着，真有点要把人抬到洞穴里撕食的意思。

供给他们今晚睡觉的，是一只占据这古屋的面积四分之一的大榻——它是这样大，而且旧，而且时发奇臭，被一套由白转黑的蚊帐包住，床板上掩盖着一条红黑色的毛毡。他们各把外衣，外裤脱去，把灯吹熄，各怀抱着一种怕羞而又欢喜的心理，摸摸索索地都在这破榻上睡着了。

但，在这种恐怖的状态中，他们那里睡得成。这时候，最使他们难堪的，便是门外时不时有那猎猎不住的狗吠声。那位女性这时只是僵卧着，象一具冷尸似的不动。那男的，翻来覆去，只是得不到一刻的安息。他机械地吻着她的前额，吻着她的双唇。她只是僵卧着，不敢移动。每当屋外的犬声吠得太利害，或楼上的鼠声闹得太凶时，他便把他的头埋在她的怀间，把他的身紧紧地靠在她的身上。这时候，可以听见女的幽幽地向着男的说：

"亲爱的哥哥啊！沉静些儿罢！我很骇怕！我合上眼时，便恍惚见着许多军警来拿你！哎哟！我很怕！我想假若你真的……咳！我那时只有一死便完了！"

"不至于的！"那男的幽幽地答。"我想他们决拿不到我！我们神不知，鬼不觉的避到此间，这是谁也不能知道的！"

这男的名叫沈之菲，K大学的毕业生，M党部的重要职员。这次 M 党恰好发生一个极大的变故，党中的旧势力占胜利，对新派施行大屠杀。他是属于新派一流人物，因为平日持论颇激烈，和那些专拍资本家，大劣绅，新军阀的马屁的党员，意气大大不能相合。大概是因为这点儿缘故吧，在这次变故中，他居然被视力危险人物，在必捕之列。

这女的名叫黄曼曼，是他的爱人。她在党立的 W 女校毕业不久，最近和他一同在 M 党部办事。她的性情很是温和柔顺，态度本来很不接近革命，但因为她的爱人是在干着革命的缘故，她便用着对待情人的心理去迎合着革命。

"但愿你不至于——，哎哟！门外似乎有了——脚步声！静，静着，不好做声！"曼曼把嘴放在之菲的耳朵里面说。她的脸，差不多全部都藏匿到被窝里去了。

"没有的！"之菲说。"哪里是脚步声，那是三几片落叶的声音呢！"他这时一方面固然免不了有些害怕，一方面却很感到有趣。他觉得在这漆黑之夜，古屋之内，爱人的怀上，很可领略人生的意味。

"亲爱的曼妹啊！我这时很感到有趣，我想做诗！"之菲很自得地说着。

"哎哟！哥哥啊！你真的是把我吓死哩！你听他们说，政府方面很注意你！他们到 K 校捉你两次去呢！……哎哟！我怕！我真的怕！"曼曼说，声音颤动得很利害。

又是一阵狗吠声，他们都屏息着不敢吐气。过了一会，觉得没有什么，才又安心。

老不成眠的之菲，不间断地在翻来覆去。过了约莫两个钟头之后，他突然地抱着僵卧着的曼曼，用手指轻轻地抹着她合上的眼睛，向着她耳边很严肃地说：

"你和我的关系，再用不着向别人宣布，我俩就今晚结婚吧！让这里的臭味，做我们点缀着结婚的各种芬馥的花香；让这藏棺材的古屋，做我们结婚的礼拜堂；让这楼上的鼠声，做我们结婚的神父的祈祷；让这屋外的狗吠声，做我们结婚的来宾的汽车声；让这满城的屠杀，做我们结婚的牲品；让这满城戒严的军警，做我们结婚时用以夸耀子民的卫队吧！这是再好没有的机会了，我们就是今晚结婚吧！"

"结婚！"这两个字象电流似地触着装睡的曼曼全身。她周身有一股热气在激动着，再也不僵冷的了。她的心在跳跃着，脉搏异常亢急，两颊异常灼热。这真是出乎她意料之外，一年来她所苦闷着，所不能解决的问题，今晚却由他口中自己道出。

沈之菲在 K 大学的二年级时，他的父母即为他讨了一个素未谋面的老婆。虽说，夫妇间因为知识相差太远，没有多大感情，但形式间却是做了几年夫妇，生了一个女孩儿。在大学毕业这年，大概是因为中了邱比德（恋爱之神）的矢的缘故吧，在不可和人家恋爱的局面下，他却偷偷地和黄曼曼恋爱起来。这曼曼女士，因为认识了他，居然和她的未婚夫解除婚约。她明知之菲是个有妻有子的人，但她不能离开他。她只愿一生和他永远在一块儿，做他的朋友也可以，做他的妹妹也可以，做他的爱人也可以。她不敢想到和他做夫妇，因为这于他的牺牲是太大的了！出她的意料之外的是"结婚"这两个字，更在这个恐怖的夜，由他自己提出。

"结婚！好是很好的，但是你的夫人呢？……"曼曼说，声音非常凄媚。

"她当然是很可怜！但，那有什么办法？我们怕也只有永远地过流亡的生活，不能回乡去的了！——唉！亲爱的曼妹！我一向很对你不住！我一向很使你受苦！我因为知道干革命的事业，危险在所不免；所以一年来不敢和你谈及婚姻这个问题。谁知这时候，我的危险简直象大海里的一只待沉的破舟一样，你依旧恋着我不忍离去！你这样的爱我，实在是令我感激不尽！我敢向你宣誓，我以后的生命，都是你的！我再也不敢负你了！曼妹！亲爱的曼妹，这是再好没有的机会了，我们便今晚结婚吧！"之菲说，眼间湿着清泪。

她和他紧紧地抱着，眼泪对流地泣了一会，便答应着他的要求了。

二

沈之菲本来是住在 K 大学，黄曼曼本来是住在 W 女校的。一半是因为两人间的情热，一半是为着避去人家的暗算，他们在两个月以前便秘密地一同搬到这离 C 城不到一里路远的 T 村来住着。他们住的地方，是在一个斋寺的后座。斋寺内有许多斋姨。都和他们很爱好。斋寺内的住持是个年纪五十余岁，肥胖的，好笑的，好性情的婆婆。人们统称呼她做"姑太"。姑太以下的许多姑（她们由大姑，二姑，三姑排列下去）中，最和他们接近的便是大姑和十一姑。

大姑姓岑，是一个活泼的，聪慧的，美丽的女人。她的年纪不过廿六七岁，瓜子脸，弯弯的双眉，秀媚的双目，嫩腻腻的薄脸皮；态度恬静而婀娜。这半月来，姑太恰好到 H 港探亲去，斋寺内的一切庶政，全权地交落在她手里。她指挥一切，谈笑自若，大有六辔在握，一尘不惊之意。十一姑是个粗人，年纪约莫三十余岁的样子，颊骨很开展，额角太小，肤色焦黑，但态度却很率真，诚恳和乐天。这次党变，之菲和曼曼得到她俩的帮助最多。

党变前几日，之菲害着一场热症。这日，他的病刚好，正约曼曼同到党部办公去。门外忽然来了一阵急剧的叩门声。他下意识地叫着婆妈三婶开门。他部里的一个同事慌忙地走进来，即时把门关住，望着之菲，战栗地说："哎哟！老沈，不得了啊！……"

"什么事？"之菲问，他也为他的同事所吓呆了。

"哎哟！想不到来得这么利害！"他的同事答。"昨夜夜深时，军警开始捕人！听说 K 大学给他们拿去两千多人。全巾的男女学生，给他们拿去千多人！各工会，各社团给他们拿去三千多人！我这时候走来这里，路上还见许多军警，手上扎着白布，荷枪实弹，如临大敌似地在叱问着过往的路人。我缓一步险些他们拿出呢！嗬嗬！"

这来客的名字叫铁琼海，和沈之菲同在党部办事不久，感情还算不错。他是个大脸膛，大躯体，热心而多疑，激烈而不知进退的青年。

过了一会，又是一阵打门声。开门后，两个女学生装束的逃难者走进来，遂又把门关上。这两个女性都是之菲的同乡，年纪都很轻。一个高身材，举动活泼的名叫林秋英；另一个身材稍矮，举动风骚的名叫杜蘅芬。她俩都在 W 女校肄业。林秋英憨跳着，望着沈之菲只是笑。杜蘅芬把她的两手交叉地放在她自己的胸部上，娇滴滴地说："哎哟！吓煞我！刚才我们走来找你时，路上碰到一个坏蛋军人，把我们追了一会，吓得我啊——哎哟！我的心这时候还跳得七上八落呢！嗬！嗬！……"

"呵！呵！这么利害！"沈之菲安慰着她似地说。

"倒要提防他捉你去做他的——唏！唏！"曼曼戏谑着说。这时她挽着杜蘅芬的手朝着林秋英打着笑脸。

"讨厌极！"杜蘅芬更娇媚地说。她望着之菲，用一种复仇而又献媚的态度说："菲哥！你为什么不教训你的曼夫人呢！——嗬！嗬！你们是主人，偏来奚落我们作客的！"

"不要说这些闲话了，有什么消息，请报告吧！"之菲严正地说。

"哎哟！消息么，多得很呢！林可君给他们拿去了！陈铁生给他们拿去了！熊双木给他们拿去了！我们的革命××会，给他们封闭了！还有呢，他们到 K 大学提你两次去呢！第一次捉你不到，第二次又是捉你不到，他们发恼了，便把一个平常并不活动的陈铁生凑数拿去！……我们住的那个地方，他们很注意，现在已经不能再住下去了！许多重要的宣传品和研究革命理论的书籍，都给我们放火烧掉了！糟糕！我们现在不敢回到寓所去呢！……唉！菲哥！怎么办呢！怎么办呢？"

之菲着实地和她们讨论了一回，最后劝她们先避到亲戚家里去，俟有机会时，再想方法逃出 C 城。她们再坐了一会，匆匆地走出去了。

过了一刻，来了新加坡惨案代表团回国的 D 君，L 君，H 君，P 君。他们又报告了许多不好的消息。坐了一会，他们走了。再过一忽，又来着他部里的同事章心，陈若真。K 大学的学生陈梅，李云光。

这时候，大姑已知道这里头是什么意义了。她暗地里约着之菲和曼曼到僻静的佛堂里谈话。这是下午两点钟的时候了，太阳光从窗隙射进佛殿上，在泥塑涂着金油的佛像上倒映出黄亮亮的光来，照在他们各人的脸上。大姑很沉静而恳切地向着他们说："你的而今唔好出街咯！街上系咁危险！头先我出街个阵时，睇见一个车仔佬俾渠的打死路！——真衰咯！我的嗰个阿妹听话又系俾渠的拉左去！而家唔知去左边咯！（你们现在不能上街上！街上是这样危险！刚才我上街的时候，看到一个拉车夫给他们打死了！——运气很坏！我自家的妹妹听说又是给他们拉去了！现在不知去向！）……"她说到这里，停了一息，面上表示着一种忧忿的神气。

"咁咩（这样）？"之菲说，脸上溢着微笑。"我想渠系女仔慨，怕唔系几紧要呱。至多俾渠的惊一惊，唔使几耐怕会放出来咯！至衰系我的咯，而今唔知点好？（我想她是女子，或者不至于怎么要紧的。最利害不过给他们吓一阵，不久大概是可以解放出来咯！最糟糕的是我们，现在不知道怎样才好？）……"

"我想咁（我想这样），"大姑说，她的左手放在她的胸前，右手放在她的膝部，低着头微微地笑着，"你的而今唔好叫你的朋友来呢处坐，慌住人家会知道你的系呢处住。至好你的要辞左嗰个婆妈，同渠话，你的而今即刻要返屋企呼咯。你的门口嗰个门呢，我同你的锁住。你的出入，可以由我的嗰边嘅。（你们现在不要叫你们的朋友来这里坐，恐怕给人家知道你们在这里住着。最好你们要辞去那个仆妇，对她说，你们现在即刻便要回家咯。你们门口那个门呢，我给你们锁住。你们可以从我们那边进出的。）"

"唔知嗰个婆妈肯唔肯去呢（不知道那仆妇肯去吗）？"之菲说。

"点解会唔肯呢？一定要渠去，渠唔去，想点呢？（为什么会不肯去呢？一定要她去，她不去，想什么呢？）"大姑很肯定地答。

"……"

"……"

彼此沉默了一会，之菲忽然又想起另外别一个问题来，向着大姑问着：

"唔知左近有地方番交无？我想今晚去第二处番交重好！呢度怕唔系几稳阵咯！（不知附近有地方睡觉吗？我想今晚顶好换一处地方睡觉！这里怕不稳当了！）"

"有系有嘅，不过嗰个地方太腊塔，唔知你中意唔中意啫？（有是有的，不过那个地方太脏，不知你合意不合意哩？）"大姑答，她笑出声来了。

"无所谓嘅，而今榀到地方就得咯，重使好个咩。（不要紧的，现在找到地方便可以，不用什么好的了。）……"之菲说，表示着一种感激的样子。

"我的今晚等到人家完全番交咗，自带你的去。好唔好呢？（我们今晚等到人家都睡觉了，来带你们去。好不好呢？）"大姑低声的说。

"好！多谢你的咁好心！我的真系唔知点感谢你的好罗！（好！多谢你们这样好心！我们真是不知怎样感谢你们好！）……"之菲

说，他这时感到十二分满足，他想起戏台上的"书生落难遇救"的脚色来了。……

他和曼曼终于一一地依照着大姑的计划做去。仆妇也被辞去了。门也锁起来了，朋友也大半回去了，并且不再来了。那晚在他那儿睡觉的，只余着铁琼海，章心和才从新加坡回国的P。他和曼曼到晚上十时以后，便被十一姑和大姑带到那藏棺的古屋里睡觉去了。

三

一个炎光照耀着的中午，T村村前的景物都躺在一种沉默的，固定的，连一片风都没有的静境中。高高的晴空，阔阔的田野，森森的树林，远远的官道，都是淡而有味的。在这样寂静的地方，真是连三两个落叶的声音都可以听得出呢。

这时，忽然起了一阵车轮辗地的声音，四架手车便在这官道上出现。第一架坐着一个年纪约莫二十六七岁的妇人，挽着髻，穿着普通的中年妇人的常服，手上提着一个盛满着"大钱王宝"和香烛的篮，象是预备着到庙里拜菩萨去似的。第二架坐着一个年纪约莫三十余岁的妇人，佣妇一般的打扮，手上扶着一包棉被和一些杂物，态度很是坦白和易，象表示着她一生永远未尝思虑过的样子。第三架是个女学生模样的女性，年纪还轻。她的两颊和朝霞一般，唇似褪了色的玫瑰花瓣，身材很配称。服装虽不大讲究，但风貌楚楚，是个美人的样子。她的态度很象担惊害怕，双眉只是结着。第四架是个高身材，面孔瘦削苍白，满着沉忧郁闷的气象的青年。他虽是竭力地在装着笑，但那种不自然的笑愈加表示出他的悲哀。他有时摇着头，打开嗓子，似乎要唱歌的样子，但终于唱不出什么声音来。他把帽戴得太低了，几乎把他的面部遮去一大截。他穿的是一件毛蓝布长衫，这使他在原有的年龄上添加一半年岁似的颓老。他的头有时四方探望，有时笔直，不敢左右视。有许多时候，他相信树林后确有埋伏着在等候捕获他的军队，他的脸色变得更加苍白了。

这四架车上的坐客不是别人，第一位便是岑大姑，第二位便是十一姑，第三位便是黄曼曼，第四位便是沈之菲。他们这时候都坐着由 T 村走向相距七八里路远的 S 村去。这次的行动，也是全由大姑计划出来的。这几天因为风声愈紧，被拿去的日多，有的给他们用严刑秘密处死，有的当场给他们格杀，全城已入于一个大恐怖的局面中。听说，他们在街上捉人的方法，真是愈出愈奇。他们把这班所谓犯人的头面用黑布包起来，一个个的用粗绳缚着，象把美洲人贩卖黑奴的故事，再演一回。这班被捕的囚徒真勇敢，听说一路上，《国民革命歌》，《世界革命歌》，还从他们嘶了的喉头不间断地裂出。

大姑恐怕沈之菲和黄曼曼会因此发生危险，这日她又暗地里向着他俩说：

"呢几日的声气，听话又系唔好。渠的呢班老爷周围去捉人慨暗。我的呢度近过头，怕有的咁多唔稳阵咯。我想咁，如果你的愿意，我可以孖十一姑同你的去一个乡下去。我的有一个熟人喺个度，渠呢，自然会好好的招呼你的慨。（这几日的消息，听说又是不好。他们这班老爷四处去拿人哩。我们这里离城太近，恐怕有许多不稳当了。我想这样，你们如若愿意，我可和十一姑带你们到一个乡下去。我们有一个相熟的人在那儿，他自然会把你们好好地招待着啊。）……"

"咁（这样），自然好极罗！我想孖（和）曼妹即刻就去！"之菲答。这时，他正立在斋寺内的一个光线照不到的后房门口，两手抚摸着曼曼的肩。

"昨日我已经叫十一姑去孖渠的讲，叫渠预备一间房俾你的。渠的已经答应咯。咁，我而今想捞炷香烛，元宝，扮成文拜菩萨咁嗰样！十一姑孖你的　住棉被枕头等等野。你呢，要扮成一个生意佬，好似到乡下探亲咁嗰样。（昨日我已经叫十一姑去和他们说，叫他顶备一间房给你们。他们已经答应咯。这样，我现在想拿着香烛，王宝，扮成象去拜菩萨的样子！十一姑和你们拿着棉被枕头等等东西。你呢，要扮成一个商人，好象到乡下探亲的样子。）曼姑娘呢，——唏！唏！"她失声的笑了，在寂静的斋寺里，这个笑声消歇后还象一缕轻烟似地在回旋着。她露出两行榴齿，现出两个梨涡，完全表示出一种惊人之美。"曼姑娘呢，沈先生，你要话渠系你嗰夫人自得嗝（你要说他是你的夫人才行呀）！"大姑继续地说，她的态度又是庄严，又是戏谑，又是动情，又是冷静。

曼曼的脸上红了一阵，走过去念着她的手腕说一声：

"啐！真抵死咯（真该死咯）！"

"嘻！嘻！……"大姑望着她继续笑了一阵，便再说下去。"由呢度去东门，搭马车一直去嗰个乡下。本来呢，系几方便嘅。不过，我怕你的俾人睇见唔多好。不如咁，我的自己叫四架车仔由我的门口弯第二条路，一直拉到嗰处去重好！你话系唔系呢！（从这里到东门，乘马车直到那个乡下，本来呢，是很方便的，不过，我怕你们给人看见不大好。不如这样，我们自己叫四架手车从我们门口走另外一条路，一直拉到那处去！你说是不是呢？）"

"系嘅！咁，我的而今就去咯！（是的！这样！我们现在就去咯！）"之菲答。

经过这场谈话后，各人收拾了一回，便由十一姑雇来四架手车载向S村而去。这S村是白云山麓的一个小村。村的周围，有郁拔的崇山，茂密的森林，丰富的草原，清冷的流泉，莹洁的沙石。村里近着官道旁有一座前后厅对峙的中户人家的住屋，屋前门首贴着两条写着"国恩家庆"，"人寿年丰"字样的春联的，便是他们这次来访的居停的住家了。

居停是个年纪约莫四十余岁的男人，手上不间断地持着一杆旱烟筒，不间断地在猛吸着红烟。他的身材很高大，神态好象一只山鸡一般。眼光炯炯，老是注视着他的旱烟筒。他是一个农人，兼替人家看守山地的。大姑所以认识他，也是因为她们斋寺里管辖着的一片山地是交落给他守管的缘故。这时，他象一位门神似的，拿着旱烟筒，站在门边。他远远地望见大姑诸人走近，便用着他的阔大的声音喊问着：

"呵！呵！你的家下自嚟（你们现在才来）！好！好！请里边坐……"

大姑迈步走上前向着居停含笑介绍着他俩说：

"我特地带渠的两位来呢示住几日。渠的两位呢，系我的慨朋友。呢位系沈先生。嗰位系黄姑娘。（我特地带他们两位来这里住几天。他们两位呢，是我的朋友。这位是沈先生，那位是黄姑娘。）……"她望着之菲和曼曼很自然地一笑，便又继续着说：

"呢位系谷禄兄，你的嚟呢处唔使客气，好似自家人一样自得㗎。（这位是谷禄兄，你们在这里不用客套，好象自家人一样才行呀。）"

"系咯！真系唔使客气咯！（是咯！真是不用客套咯！）"谷禄兄说，手上抱着旱烟筒，很朴实，很诚恳地表示欢迎。

刚踏入门口，女居停打着笑脸迎上来。她是上粗陋的，紫黑色的，门牙突出的，强壮的，声音宏大的四十余岁妇人。她很羞涩的，不懂礼貌的，哼了几句便自去了。

之菲和曼曼，大姑，十一姑都被请到前厅东首的前房里面坐谈。谷禄兄依旧在吸着烟，和他们扯东说西。他的五六个男孩和一个十一二岁的童养媳，也都蜂集到这房里来看客人。谷禄兄象是个好性情的人，那些孩子们时常钻到他的怀里去，他都不动气。

大姑和十一姑坐了一会便辞去了。他们说，可以时时来这里探望之菲和曼曼。

大姑和十一姑去后，谷禄兄父子夫妇忙乱了两个钟头，才把西首的那间本来储藏着许多蒜头和柴头的前房搬清。当中安置一个小榻给这对避难者居住。一群俏皮的小孩子走来围着他们看，十几只小眼睛里充满着惊奇的，神秘的，不能解说的明净之光。正和一群苍蝇恋着失了味的食物一样，赶开去，一会儿又是齐集。

后来，为避去这群小孩子的纠缠，之菲和曼曼合力地把他们逐出室外，把门关着。但，这群喜欢开玩笑的小朋友，仍然舍不得离去，他们把长凳抬到门口的小窗下。轮流地站高着去偷窥室内，频频地作着小鬼脸。这对来宾是来得太奇怪，尤其是剪发的女人特别惹起村童们惊奇的注意。

"嗰等野系男仔系女仔呢？话渠系女仔，渠又剪左头发；话渠系男仔，渠嗰样又鬼咁似女仔？（那家伙到底是男子还是女子呢？说她是女子，她不该把头发剪去；说他是男子，他又是这样的象女子的模样？）……"这群小孩子嘁嘁喳喳在私议着。

"在这里住下去一定很危险！……"之菲说，他的眼睛直视着，心情很是焦急，烦闷，不快。他觉得全身都乏力了，在他面前闪跃着的只是一团团阴影。一刹那间，他为革命的失败，家庭的长时间隔绝，前途的满着许多暗礁种种不快的念头所苦恼着。引起他不快的导火线的是他画前的这些在扮着小鬼脸的孩儿们。他觉得这班小家伙真可恶，他的憎恶的原因，大半是因为这班孩儿们的无知的举动，会增加他们藏匿生活的不安和危险。"这真糟糕！给这班小孩子一传出去，全村便人人知道了。真糟糕！这班小鬼子！坏东西！很可恶！……"他恨恨地说，索性把窗门都关住了，颓然地倒在曼曼身旁。

"是的，"曼曼很温柔地说。"这群小孩子真是讨厌！没有方法把他们惩戒，真是给他们气坏的了！"

在一种苦闷的，难以忍耐的，透不过气来的状态中，他们厮守着一个整个的下午。机械地接吻，拥抱，睡眠——睡眠，拥抱，接吻。他们的精神都是颓丧，疲倦，和久病后卧在黑暗无光的病室里，又是不健康，又是伤感的境况一样。

晚饭后，他们一齐到村外去散步。满耳的鸟声，阴森的林木，倦飞的暮云，苍翠的春山，把山村整个地点缀得象童话里的仙境一样。他们歌唱着，舞蹈着，在一种迷离，飘忽，清瑟，微妙的不可言说的大自然的美中陶醉。

"久在樊笼里，复得返自然！"沈之菲在一条两旁夹着大树，鸟声啁啾的官道上忘形地这样喊出来，嗤的一声笑了。他望着散着短发，笑微微在舞着的曼曼，好象一位森林的女神一样，又是美丽，又是恬静，益使他心头觉得甜甜地只是打算着做诗。

他们散步归来，天上忽然下着一阵骤雨。一望葱茏的树林，高低的楼阁，起伏的山岭，都在它们原有的美上套上一层薄纱。卧室里，灯光下，他们彼此调情地又是接了一个长久的吻，拥抱着一个长时间的拥抱。一会儿，觉得倦了，便又熄灯睡下。

一个凄楚的，愤激的念头，象夜色一样幽静的，前来袭击着之菲。他这时的神经又是兴奋，又是疲倦，他觉得欲哭而又哭不出来，欲把自己经过的失败史演绎一番，以求得到一种甜蜜的痛苦，但他的头脑又好象灌铅般似的，再也不能思索下去。昏沉了一会，朦胧间象是睡去的样子。他忽而下意识地幽手幽脚地走下床来。在裤袋里摸出一把硬挺挺的手枪拿在手上，轻轻地从小窗口跳出。他走得很快，一丛丛的树林不停地向后面溜过，不消半个钟头，他便发现自己已在满街灯火的 C 城里面了。

满街的军警还在不间断地捕人。他不顾一切，挺身走过去。

"停步！那里去！"一个站在十字街口的壮大多力的军人叱着他说，声音大如牛鸣。

"我要去我自己想去的地方！干你什么鸟！你真可恶！你的鸟名字叫什么？"他大声地回答，眼睛里几乎迸出火来。

"那里来的野种？你不知现在是戒严的时候么？你再敢放肆，我便给你一枪？"军士如牛喘一般地说，他把他的枪对准之菲的胸口。

之菲急的一闪身，拔山手枪给他一轰，他便倒在地面，做着他最后的挣扎了。

"戒严！戒你妈的严！我偏要给你们解严呢！"他一面说着，一面前进。

这时候，街上的军警一齐走向这枪声起处的地点来。一个满着血的死尸刺着他们的眼帘，他们即刻分头追赶着那在逃的凶手。这时候，之菲已走到三千余人的监禁所××院门前了。××院门前有几个如虎似狼的军士堵守着。他再也不向他们讲话了，一枪一个，用不到几角银的子弹费，几个大汉都倒在地上浴着血不起了。

"囚徒们！囚徒们！逃走吧！逃走吧！到你们理想之乡去吧！"之菲走入监狱里，向着他们高声地说。但见呐喊连声，十几分钟间，他们便都走尽。

"好！痛快！痛快已极！"他站在十字街门，露着牙齿狞笑着说，他这时充满着一种胜利的愉快。

"轰！轰！轰！……"这时在他周围的尽是枪声。不一会，一排一排的步枪都向着他围逼着。

"叛徒！奸党！大盗！……"他们口里不停地在叫骂着。

他从街上一跳，身体很轻的飞到露台上去。他挺着胸脯立着，向他们壮烈地演讲着。（他们都不敢近他，惟远远地用枪轰击他。）

"懦夫！懦夫！你们这班卑鄙怯懦的奴隶！你们都没有'脑'，没有'心'，没有'灵魂'的残废的动物！你们只会做人家的走狗！拍人家的马屁！杀自己的兄弟！你们永远是被欺骗者！你们永远是蠢猪！什么是党！现在的党，只在大肚商人的银袋里；在土豪劣绅的'树的'（手杖）下；在贪官污史的官印中。你们这班蠢猪！不要脸的奴才！在忙着什么！回去吧，你们也许有父母，也许有老婆，也许有儿子，他们都在靠着你们这班蠢猪养活！你们要是作战而死，大肚的商人，狠心的土豪，劣绅，狡诈的贪官，污史，会给你们什么利益呢？唉！唉！你们这班蠢猪！蠢猪！蠢猪！"

正在他演说得最壮烈时，十几粒子弹齐向他的头，胸，腰，腹各要害穿过，他"呀"的一声叱嚷，便觉得软软地倒下去。

"菲哥！菲哥！"曼曼说，"你在做着噩梦么？你刚才吓死人哩！你为什么这样大声的嚷！啊！啊！你受惊么？不要害怕！不要害怕！这时候你已离去险地很远，正在我的怀里睡着呢！"

"呀"的一声，之菲也清醒了起来。他摸着他那受枪击的各要害，觉得没有什么，便把头靠着曼曼的心窝，冷然地一笑。

四

由 C 城往 H 港的××轮船上，华丽舒适的西餐房中，坐着两个少年，一个少女，这时船尚未启锚，他们的神色都似乎很是恐慌的样子。

一阵急剧的打门声，间着一阵借问的谈话声。

"是的，我见他们走进去，他们一定是在里面无疑！"门外的声音说着，又是一阵打门声。在房里画的他们的面色吓得变成青白，暗地里说：

"不好了！他们为什么这么快便追到来！这番可没命了！"

三人中，一个戴蓝色眼镜的青年，只得迎上前去把门推开一线，在门口伸出头来叱问："揾边个？嘈得咁得利害！（找那个？嘈得这样利害！）"

"有一个姓沈的朋友喺呢度无？我好似见渠入来咁？（这里有没

有一个姓沈的朋友？我好象见他进来的?)"一个穿着中山装的少年跟在茶房后面来的，答着。

"见鬼咩？呢度边处有一个姓沈慨！话你听！你咁乱噪人哋，唔得嘅！（见鬼吗？这里那里有一个姓沈的！告诉你：你这样随便噪闹别人，不可以的!)"戴蓝色眼镜的青年忿然地说，把门用力地关了。

"第二次咁搅法唔得慨！唔睇得定就唔好乱来失礼人！（下次不可以这样搞法！没有看清楚就不好随便来得罪人!)"那个茶房向着穿中山装的少年发牢骚的声音。

这时，那戴蓝色眼镜的青年向着坐着的那对青年男女幽幽地说："危险呀！总算把他们打退一阵!"

"恐怕他第二次再来，那可就没有办法了!"坐着的青年说。

"大概不会的，船也快开了!"戴蓝色眼镜的青年，带着安慰的口吻说。

这时在门口的那个穿着中山装的青年，踱来踱去不断地自语着："到底他到那里去了呢？分明是见他走进来的了?"

这回在坐着的那青年，细心听清了他的口音，似乎很熟，他便偷偷地从门口的百叶窗窥出，原来在门口踱着的那人正是他的同事林谷菊君。他心中不觉好笑起来。

他随即开了门，向着林谷菊君打了一躬，林谷菊便含笑地走进来，把门即刻关上。

"之菲哥。刚才为什么不见你呢?"林谷菊问，态度很是愉快。

"哎哟！谷菊哥！我们刚才给你惊坏了！我们以为你是一个侦探啊!"之菲答。即时指着那戴蓝色眼镜的青年说："这位是新从新加坡回国的 P 君。"

"啊！啊!"谷菊君说，握着 P 君的手。"你便是 P 君，上次我在群众大会中见你演说一次，你的演说真是漂亮啊!"

"你便是谷菊君，和之菲君一处办事的么？失敬！失敬！刚才是真对不住啊?"P君答着,很自然地一笑。

这时船已开行,他们都认为危险时期已过,彼此都觉得如释重负,很是快乐。他们的谈话,因为有机器的轧轧的声音相和,不怕人家偷听,也分外谈得起劲了。

"之菲哥!想不到在此地和你相逢!你这几日来的情形怎么样?请你报告我罢,"谷菊问。

"这几日么?"之菲反问着。他这时正倚在曼曼身上,全身都觉得轻快。"从T村到S村,你是知道的。在那里,我们觉得村人大惊小怪,倘若风传出去,到底有多少不便,所以我们便决计回到斋寺里去。前两三天本年打算到H港来,听说戒备很严。上H港时,盘问尤为利害,所以不敢轻于尝试。这两夜来,我还勉强可以睡得,曼妹简直彻夜不眠。我想,这样继续下去,有点不妙。便吩咐一个忠实的同乡出来打探情形。路上,码头和船上的查问和戒备的程度怎样,他都有了很详细的报告。经过他的报告后,我们便决意即刻逃走。恰好遇着一阵急雨,(这阵雨,真是下得好!)我们坐在黄包车中,周围统把帆布包住着。这样,我们便从敌人的腹心平安地走到码头来。哎哟,在黄包车中,我真怕,倘若他们走来查问时,我可即刻没命了!但,他们终于没有来打扰我!下船后,恐怕坐统舱,人多眼众,有些不便,所以和P君一同充阔气的来坐这生平未尝坐过的西餐房。恰好又是给你这位准侦探吓了一跳!哈!哈!"

林谷菊,是个年约二十二三岁的少年。他虽是广东人,但因为住居上海多年,故而面皮白净,看去仿佛江南人一样。他不幸满面麻子,要不然,他定可称为头一等的美男子呢。他说话时态度很活泼,口音很正。对于恋爱这个问题,他现出十分关心的样子,虽然女子喜欢麻脸的甚少,但他并不因此而失去他的勇气。他的战略,是一切可以接近的女性,都一体地加以剧烈的进攻。

P君是个很漂亮的少年,他的年龄和林谷菊差不多。他的行动确有点轻佻；据他自己说，他对于女性的艳福，确是不浅。他的身材是太高和太瘦，所以行路时总有点象临风的舞鹤一样。

"我们现在别的说话都不要说，大家谈谈恋爱问题好吧。这问题谈起来又开心，又没有多大危险，你们赞成吗？"林谷菊击着舱位说。

"好的，好的，我很赞成。我提议先请之菲君和曼曼女士把他们的恋爱史说出来给我们听听。"P君动容的答，他两手插在衣袋里不断地踱来踱去。

"呀！呀！太不成！太不成！"曼曼女上羞红着脸，抗议着。

"报告我们恋爱的经过，这很容易。但，谷菊君要把他怎样进攻女性，P君要把他怎样享受过艳福先行报告，才对！"之菲很老成似地说着。

"对于女性怎样进攻么？好！我便先报告也未尝不可以。但在未报告之前，我们先须承认：（一）凡女性总是好的；（二）凡女性纵有些不好，亦特别地可以原谅。由这两种信念，我们对一般的女性便都会发生一种特别的好感。由这种特别的好感，便会发生一种浓烈的爱情出来。我们对任何式样的女子都要应用这种浓烈的爱情，发狂地，拼命地去进攻她。我们要令被进攻的女性发生爱或发生憎。我们不能令她们对这种进攻者漠不关心。"谷菊拉长声音演说着，他有点不知人间何世的神态。

"那么，你现在有几个爱人呢？哈！哈！"P君问。他有点怀疑，因为他对着这演讲家的麻脸，有几分不能信仰。

"爱人么？这可糟糕了！我一向不懂得这个战术。最近学到这个战术时，偏又天不做美，遇着这场亘古未有的横祸，把几个和我要好的女人都赶跑了。赶跑了！天哪！天哪！"谷菊君旁若无人地说着，他这时似乎有点伤感的样子。

"P君，现在该是你报告你的艳史的时候了。"谷菊君揉着眼睛说。

P君脸色一沉，自语似地说：

"咳！我的艳遇么？不算是什么艳遇，倒可说是一场悲剧！大约是一九二二年的夏天吧，那时我才到C城N中学肄业，同样的一个美貌的女子便和我恋上了。那时候，我们时常到荔枝湾去弄舟。荔枝湾的风景你们是知道的。在那柳绦嫩绿，荔子嫣红，翠袖浓妆，花香衣影的荔枝湾上，我们整日摇舟软语，好像叶底鸳鸯。咳！什么拥抱，接吻，我们不尝做过！然而我们的热烈相爱，只能得到旁观者的妒忌，不能得到双方父母的同情。我因此奔走南洋，久不归国。这次星洲发生惨案，不幸我更被人家举做回国代表！唉！这一回国，便给我的父母捉去结婚。哎哟，天哪！恰好结婚这一夜，我偏在街上遇着她！她像知道我的消息似的，只把我瞪了一眼，恨恨地便自去了！咳！真糟糕！那时，我心上觉得像受了一刀，觉得什么事都完了似的！唉！……"P君说完后，脸色有点青白，他的眼睛向着上面呆呆盯住，好像在凝视着他那永远不能再见的情人一样。

"你们的恋爱史怎样讲呢？"谷菊望着之菲和曼曼这样问着。

"我们还未尝恋爱，那里便有史呢？"之菲抵赖地答。

"呀！呀！太不成！太不成！"曼曼脸儿羞红，依旧提出抗议。

一路有说有笑，时间溜过很快。不一会便听见许多人在舱面喧嚷着："快到了！""H港快到了！"在漆黑的夜色中，H港珠光耀着，好像浮在水面的一顶皇冠一样。从它的表面上看起来，我们即时可以断定它是骄傲的，炫耀的，迷醉的，鸩毒的一个地方。同时，我们只须沉默一下，便会觉得鼻头一酸，攒到心头的是这么多痛心的材料啊！我们似乎可以看见山灵在震怒，海水在哀呼，——中国呀！奴隶的民族！不长进的民族！——一种沉默的声音，似乎隐隐间由海浪上传出。

"啊！啊！现在又要受人家检查！又要像猪狗一样的给人家糟

蹋！啊！啊！做人难！做不长进的中国人尤难！做不长进的中国的流亡人尤难之尤难！"之菲想了一会，觉得能够跳下大海去较为爽快。但，这倒不是一件轻易做得到的事，他结果只得忍耐着。

船终于到岸了，码头上的检查幸不利害。给他们——那些稽查员，在身上摸索了一会，没有露出什么破绽来的之菲，曼曼，谷菊，P 君，便逃也似地投向那阔气的东亚旅馆去。

五

一间华丽的大旅馆房间，电灯洒着如银的强光，壁间一碧深深的玻璃回映着。纹帐莹洁如雪，绣被别样嫣红。大约是深夜一时了，才从轮船上岸的之菲和曼曼便都被旅馆里的伙计带到这房里来。

"好唔好呢，呢间房（这间房子好不好呢）？"广东口音的伙计问。他对着这对年轻的男女，不自觉地现出一段羡慕的神态来。

"好慨，喺度得咯。你而今即刻要同我的搬左行李起来嘞！（好的，在这里便可以了。你现在即刻要把我们的行李搬起来啊!）"之菲答。他倚着曼曼，在有弹性的睡榻上坐下。

"得罗！得罗！（好的！好的）"伙计翘起鼻孔，闪着眼，连声说"好的"出去了。

过了一忽，伙计把他们的行李搬上来，另外一个伙计拿上一本簿条给他们填来历。之菲持着紧系在簿条上的铅笔，红着脸地填着：

> 林守素，广东人，今年二十四岁，从 C 城来。
> 妻黄莺，广东人，今年十九岁，同上。

曼曼女士的脸红了一阵，瞟着之菲一眼，又是含羞，又是快意。那伙计机械地袖着簿子走到别处去了。

这时，住在三楼的 P 君和谷菊都到他们的房里来坐谈（之菲和曼曼住在四楼）。

"你的真系激死人罗！咁，两公婆喺处番交，又软，又暖，又爽，又过瘾！唉！真系激死我的咯！（你们真是令人羡煞咯！这样，两夫妻在一块儿睡觉，多么温柔，暖和，爽快和陶醉！唉！真是令我们羡煞咯！）" P 君用着 C 城的方言戏谑着之菲和曼曼。

"你们的唔系又系两公婆番交咩？你仔谷菊兄今夜成亲起来唔得咩？（你们不是也是两夫妻一块儿睡觉吗？你和谷菊兄今晚成亲起来不可以吗？）"之菲指着他俩笑着说。

"你的真系得意咯！咁，点怕走路呢！哪！你的平日番交边处有咁好慨地方。今夜真系阔起上来咯！（你们真是快乐啊！像这样，为什么怕流亡呢！哪！你们平时睡觉的地方那里有这么漂亮。今晚真是阔气起来咯！）"谷菊也用着 C 城的方言戏谑着。他的麻脸上满着妒羡的表情。

"你的咁，真系讨厌咯！成日榸我的来讲！话晒嗰的唔好听慨嘢！真衰咯！我同渠不过系一个朋友啫，点解又话爱人！又话两公婆！真系激死人咯！（你们这样，真是讨厌咯！整天拿我们来做话柄！把那些听不入耳的话都说出来！真是坏蛋东西咯！我和他不过是一个朋友，为什么说他是我的爱人，又说我们是两夫妻，真是令人气闷得很咯！）"曼曼也用着讲不正的 C 城口音和人家辩驳。

"点解你的唔系两公婆会向一处番交呢？（为什么你们不是两夫妇会在一处睡觉呢？）" P 君老实不客气地驳问着。

"呢个床铺有咁阔，我的番交嗰阵时离开地番唔得咩？（这只睡榻有这么阔，我们睡的时候离开一点，不是可以吗？）"之菲答，他开始觉得有点太滑稽了。

乱七八糟的谈了一会，吃了饭，洗了身，写了信，大约已是深夜两点多钟了。谷菊和 P 君都回三楼睡觉去，这时房里只剩下之菲和曼曼二人。

"点解你咁怕丑呢（为什么你这么怕羞呢）？"之菲再用 C 城话间，把她紧紧地搂抱着。

"衰咯！而今俾渠的知道我的喺一处番交咯！我觉得好唔好意思。头先唔知揾一间有两个床铺慨房重好！（糟糕啊！现在给他们知道我们一块儿睡觉了！我觉得真是不好意思。刚才不知道找一间有两个睡榻的房间还好些！）"曼曼答，很无气力地睡在之菲的臂上。

"重使客气咩？你估渠的唔知道我的已经喺一处番交好耐咩？而今夜咯，乖乖地番交罗！（还要客气做什么呢？你以为他们不知道我们已经一块儿睡觉很久吗？现在夜深了，好好儿睡觉吧！）"之菲说。

"我今晚唔番交咯，坐到天光！（今夜我偏不睡觉，坐到天亮！）"曼曼说。

"真系撒娇罗！你揾到渠的，唔通连埋我都揾得到咩？你唔番交，我捉住你来番！睇你想点呢？（真是撒娇了！你可以骗得他们，难道连我都骗起来吗？你不睡觉，我偏要拿你来睡觉！看你有什么办法？）"之菲说，他用手指弹着她的颊。

"无咁野蛮慨，得唔得要由我想过。（没有这样野蛮的，睡觉不睡觉应该由我打算。）"曼曼答，她推开他的手，有点嗔意。

"得慨咧！得慨咧！（可以的了！可以的了！）"之菲说。双眼望着她，尽调着情。

"我唔番（我不睡觉）！"曼曼很坚决地说。

"由得你！你唔番也好，我自己番重爽！（随你的便吧！你不睡觉也可以，我自己一个人睡觉更快活！）"他赌气地说，放下帐帷自己睡下去了。

过了一会，她坐在帐外垂泪。

"你真系唔睬我咩？呃！呃！（你真是不搭理我吗？呃！呃！）"她哭着说。

"叫你好好地番，你又唔番；点解而今又喊起上来呢？（好好儿请你睡觉你不睡，现在为什么又哭起来呢？）"他从榻上跳起来，抱着她，吻着她一阵，安慰着她说。

"菲哥！你要自己保重身体！我想不久我一定会死？我们的结果，我预料是个很惨的悲剧！我想，你的家庭断不容你和我结婚，把你的旧妻休弃！我的家庭也断不许我自由！呃！呃！呃！"曼曼用着流利的普通话说，她哭得更加厉害了。

"我也知道这是我的不对！"她继续说着。"我不应该和你发生恋爱！我不应该从你的夫人手里把你夺过来！我不应该从你的父亲母亲的手里把你夺过来！菲哥，你要自己保重身体！妹妹始终是对你不住的！你让我独自个人天涯海角飘流去吧！我不久一定会死，我不久一定会死的！但我是一个罪人，我只配死在大海里，死在十字街头，死在荒山上，死在绝域中！我不配含笑的死在你的怀里！呃！呃！呃！"她睡在之菲怀中，凄凉地哭着。

"妹妹！不要哭！——我们要忍耐着，我们要一步一步地做去，无论如何，我是不负妹妹的！我可以给全社会诅咒，给父母驱逐，可以担当一切罪名！但，我不忍妹妹从我的怀里离去！我不忍妹妹自己走到灭亡之路去！你要死也好，我们一块儿死去吧！……"之菲说，凄然泪下。

"我可以死，你是不可以死的！我死了，别无牵累。你是死不得的！你的大哥前年死去了！你的二哥去年死去了！你的一对六十多岁的慈亲，老境凄凉，只望着你一人作他们最后的安慰！唉！你正宜振作有为！你正宜振作有为！菲哥！你要自己保重身体才好，妹妹从此怕不能和你亲近的了……唉！从此便请你把我忘记吧！呃！呃！呃！"她说着又是哭着，恍惚是要在她的情人的怀里哭死一样。

"我不可以死，难道你便可以死的吗？你也有爷爷，也有妈妈，也有兄弟姊妹，难道你死了去，他们便不会悲哀吗？奋斗！奋斗！

我们还要努力冲开一条血路，创造我们的新生活!"他劝着她说，把手握着拳，脸上现出一段英伟的表情。

"我能够永远和你在一处，那是很好的，正和一个美丽的梦一样。但，我终怕我们有了梦醒之一日!"她啜泣着说，软软地倚在之菲身上。

"最后我们的办法，只有用我们的心力去打破一切! 对于旧社会的一切，我们丝毫也是不能妥协的! 我们要从奋斗中得到我们的生命! 要从旧礼教中冲锋突围而出，去建筑我们的新乐土! 我们不能退却! 退却了，便不是一个革命家的行为!"

最后这几句话，她像很受感动。她把她的搐搦着的前胸紧紧地凑上之菲怀里，抖颤着的手儿把他紧紧地搂抱着。口中喃喃地哼着销魂的呓语："哥哥! 亲爱的哥哥!"

六

第二天早晨，曙光突过黑夜的重围，把它们愉快的，胜利的光辉，网着这一对热情的，销魂的，终夜因为狂欢不曾好好睡过的情人。之菲是个有早起习惯的人，首先为这种光辉所惊醒了。他伸一伸懒腰，连连地打了几个呵欠，身体觉得很软弱地，头上有点眩晕。他凝视着棉被里面头发散乱，袒胸露臂，香梦沉酣的曼曼，不禁起了一点莫名其妙的，不近情理的埋怨。

"你这个狐狸精! ……"他心中这样说了一声。越看越爱，越舍不得离开她独自起身。……

几个钟头过去了，他终于在正午时候和她一同离开睡榻。洗过手脸，吃过午餐后便和谷菊，P君同到街上散步去。路上，之菲这样想着：

"这回真是有点诗意了! 在这沦为帝国主义者的殖民地的孤岛

上，在这被粉黛，珠宝麻木了人心的孤岛上，我开始地把我的瘦长的影投射着在这儿了！我时时刻刻都有被捕获的危险，因而在未被捕获以前，我时时刻刻都觉得异样的快活和自足。我这时的心境正和儿童的溜冰，探险家的探险一样，越觉得危险，越觉得有趣！……啊！啊！我从今天起，开始地了解生命的意义了！"他这时脸上溢着自足的笑，挺着胸脯在街上走动着，觉得分外有精神。过了一会，他忽而从衣袋里摸出一张写着字的纸条，默默地看了一会，便向着谷菊，P君和曼曼说："我们找章心去吧！他的通讯住址，写明他住在这条街××店楼上。"

"可以的！"P君闪着眼，翘着嘴说。

谷菊和曼曼都点着头，表示赞成。

他们几个人成为单行地走着，之菲在前，P君断后，曼曼和谷菊在中间。过了十分钟，在一间普通样子的批发铺前，之菲忽然地立住。把手儿一挥，向着他的同伴起劲地说："到了！这儿便是章心住着的地方，我们进去问他一问。"

他把戴在头上的帽拿在手里，口里作着一阵轻轻的口哨，冲进店里面去。

"章心先生住在这儿吗？"他向着站在他面前的一个肥胖的老板点着头问。那老板有一个像蜡石一样光滑的头，两只眼睛像破烂了的苹果一样。

"我不晓得那一个是章心先生！"他用鼻孔里的声音说。

"章心先生，他在写给兄弟的一封信上说他住在这里。——我是他的好朋友，请你坦白地告诉我吧！"之菲祈求着说，态度非常温和。

"我们店里没有这个人！"那老板很不耐烦地说，把面孔转开去，再也不打理他了。

之菲不得要领地走出来，心中觉得十分愤恨。

"这班蠢猪，真是可杀!"他喃喃地说着，一半是自语，一半是要得到他的同伴的同情。

立在店外的P君，谷菊和曼曼，都说了几句痛骂资本家的说话，便和之菲离开那店户走去了。

下午二点钟的时候，他们在同条街的一家店户上找到陈若真。热烈地握了一回手之后，陈若真愉快异常地喊出来：

"呵，呵，之菲哥! 呵，呵，谷菊哥! 呵，呵，P君! 呵，呵，曼妹! 你们好! 好! 好! 我这几天很为你们担心。现在来了，好! 好!"

陈若真是个西式的中国人。他的身躯是这样高大，鼻部特别高耸。他自己说，他在南洋当报馆主笔时，有一次在街上散步，一个年轻的西妇错认他是她的情郎，把他赶了好半里路。待到赶上了，他回头一看，那西妇才羞红着两颊，废然而返呢。他的性情很温和，态度很冷静，他从未曾表示着过度的快乐，也未曾表示着过度的失望。他做事的头脑很致密，秩序很井然。但有时，却失之迂缓。他在南洋当过十年主笔，这次回国不久，和之菲一同在M党部办事，感情很是融洽。这时他住在这家商店后楼的一个房里头，他的从C城带来的老婆住在店老板的家中。店老板名叫杨敬亭，和他很有点交情。

"这店里头是很古老的，女人到这里头来，他们认为莫大的不祥。尤其是剪发的女人，他们要特别地骇怕! 菲哥，你现在可带曼妹去见我的妇人。再由我的妇人向老板娘商量商量，或者曼妹可以在那边同住也不一定，"若真向着之菲和曼曼很诚恳地说。

他们再谈了一会，无非是互相勉励，努力干去这类说话。

谷菊和P君先回旅舍去了。之菲和曼曼由这店里一个伙计带到老板的住家去。

老板的住家，是在一座面街的三层楼上。从街上走进，要经过了几十步的黝黑的楼梯，才会达到它的门口。楼上的布置，足把楼前划出一个小面积出来，作为会客室。里面，陈设茶床，几，坐椅，风景画。楼栏上，摆着许多盆花。剩下来的一个三丈宽广的整面积，分隔为两间房的样子，房前留着一条小通道。

住在这儿的有杨老板的第三，第四两个姨太，一个被人们称呼为八奶的他们的亲戚，一个三十余岁的佣妇，一个十四五岁的俾女，一个新从C城逃难来依的妇人，和陈若真大人这一班人物。

之菲和曼曼被带到这里时，差不多已是下午三点钟了。那带他们来的伙计刚到门口时，便径自回去。之菲抱着一个羞怯的，好奇的心理把门敲着。即刻便有一个清脆的声音——谁呀？——在室内答应着。之菲站着不动，曼曼便柔声的说："我呀！——我是探陈夫人来的！"

"呀"的一声，室门开了，他们便都被迎接进去。

陈若真夫人是个身材娇小，乡村式的，贞静的，畏羞的美人。她的年纪二十八岁了，有了丈夫十年了，但她还保留下一种少女的畏羞的神态。她的身体很软弱，有一个多年不断根的肚痛病，性情很温柔，和蔼。见了她的人，无论如何都不会和她怄气的。她说话时的态度，小小的口一张一翕的神情，又是稚气，又是可爱。她的脸表现出十足的女性；眉，目，嘴，鼻，都是柔顺的，多情的表征。她穿着新式女子的衣裙，但不很称身。这时，她含笑地把他们介绍一番，美丽得出众的三奶，便娇滴滴地说：

"咦，沈先生，曼姑娘，我们这几天和陈夫人时常在替你们担心呢！现在逃走出来，真是欢喜啊！"

三奶年约廿一二岁的样子，生得体态苗条，柳眉杏眼。她穿的是一套称身的淡绿色常服，行路时好像剪风燕子，活泼，轻盈，袅娜！她说话时的神态，两只惊人的美的眼睛只是望着人，又是温柔，又是妖媚。听说她的手段很高强，把个年过半百的杨老板，弄得颠颠倒倒，惟命是从。

站在她身边的那位四奶，脸上只是含着笑，不大说话。她的年纪约莫十六七岁的样子，白净得像一团雪。她的身材矮胖，面貌象月份牌画着的美人一样，凝重而没有生气。在她眉目间流露着的，有一点表示不得的隐恨。听说她给杨老板弄过手后，只和她睡过一夜，以后便让她去守生寡。

和陈夫人同坐在一只长凳上的那位八奶，年约廿七八岁，是个富家奶奶的样子。她的身上，处处都表示出丰满的肉感。说她是美，实在是无一处不美，说她是平凡，实在却又是无一处不平凡。她的说话和举动的神态，证明她是个善于酬对，和使到遇见她的男子都给她买服的能手。

在八奶的后面站着的，是那个从 C 城逃难来依的妇人。她的年纪约莫三十岁，面貌很丑，额小，目如母猪目，鼻低平，嘴唇厚。她的丈夫是个危险人物，所以她亦是在必逃之列。这时，她站在这队美人队里，对照之下，她像一只乌鸦站在一群白鸽里面一样。

之菲和曼曼在这里和她们谈了一会，大权在握的三奶，对他们着实卖弄了一些恩意。最后，她娇滴滴地，销魂地说着，"曼曼姑娘，如不嫌弃，便请在这儿暂屈几天！……沈先生，我们真喜欢见你，请你时常来这里坐谈！"

下午四点钟的时候，之菲离开杨老板的住家，独自在街上走着。街上很拥挤，印度巡捕做着等距离的黑标点。经过了几条街，遇见了许多可生可死的人，他终于走到海滨去了。

这时候，斜阳壮丽，万道红光，浴着远海。有生命的，自由的，欢乐的浪花在跳跃着，在奔流着，在一齐趋赴红光照映的美境下去！他们虽经过狂风暴雨之摧残，轮船小艇之压迫，寒星凄月之诱惑，奇山异岛之阻隔；他们却始终是自由的，活泼的，跳动的！他们超过时间空间的限制，永远是力的表现！

岸上陈列着些来往不断的两足动物。这些动物除一部分执行劫掠和统治者外，余者都是冥顽不灵的奴隶！黑的巡捕，黄的手车夫，小贩，大老板，行街者，小情人，大学生……满街上都是俘虏！都是罪人！都是弱者！他们永远不希望光明！永远不渴求光明！他们在监狱里住惯了，他们厌恶光明！他们永不活动，永不努力，永不要自由！他们被束缚惯了，他们厌恶自由！他们是古井之水，是池塘之水，是死的！是死的！他们度惯死的生活，他们厌恶生！

"唉！唉！死气沉沉的孤岛啊！失了灵性的大中华民族的人民啊！给人家玩弄到彻底的黑印度巡捕啊！我为尔差！我为尔哭！起来！你披霞带雾的郁拔的奇峰！起来！你魁梧奇伟，七尺昂藏的黑印度巡捕！起来！起来！你以数千年文物自傲的中华民族的秀异的人民！起来！大家联成一条战线！叱咤暗呜，使用我们的强力，把罪恶贯盈的统治阶级打倒！打倒！打倒！打倒！我们要把吮吸膏血，摧残自由，以寡暴众的统治阶级不容情地打倒！才有面目可以立足天地之间！……"之菲很激越慷慨地自语着，这时他对着大海，立在市街上挺直腰子，两眼包着热泪，把拳头握得紧紧，摆在胸前。

"全世界被压迫阶级联合起来，打倒资本帝国主义！国民革命成功万岁！世界革命成功万岁！……"

这几个被他呼得成为惯性的口号，在他胸脑间拥挤着。……

这天晚上，他再到杨老板店中，在陈若真住着的房子里睡觉。

七

在徒然的兴奋和无效果的努力中，之菲和他的朋友们忙乱了几天。他们的办事处，不期然而然地好像是设在陈若真的房里一样，这现象使得陈若真非常害怕，他时常张大着眼睛，呆呆地望着之菲说："之菲哥，请你向他们说，叫他们以后不要再到这里来。这地方比较可以藏身些，倘若透露了些风声，以后便没有别的地方可以去的了！"

他虽然是这样说，但每天到他这里来的仍是非常之多。麻子满画，而近视眼深得惊人的章心，大脸膛的铁琼海，肥胖的江子威，瘦长的 P 君，擅谈恋爱的谷菊，说话喜欢用演讲式的陈晓天，都时时到这里来讨论一切问题。

有一天，他们接到 W 地 M 党部的×部长打来一封密电，嘱他们在这 H 港设立一个办事机关，负责办理，该×部后方的事务。经费由某商店支取。他们热烈的讨论着，拟派铁琼海，江子威到 W 地去接洽；陈若真，沈之菲留在这 H 地主持后方，余的都要到海外活动去。关于到海外去的应该怎样活动，怎样宣传，怎样组织；留在 H 港的应该怎样秘密，怎样负责，怎样机警；到 W 地去的，途上应该怎样留心，怎样老成，镇定，都有了详细的讨论。但，结果那家和×部长有了极深关系的商店，看到×部长的密电后，一毛不拔，他们的计划，因经费无着，全部失败。

这天晚上，街上浮荡着一层温润的湿气，这种湿气是腻油油的，软丝丝的，正和女人的吸息一样。之菲穿着一套黑斜羽的西装，踏着擦光的黑皮鞋，头上戴着灰黑色的呢帽，被一个十四五岁的小妮子带向海滨那条马路去。那小妮子是杨老板家的婢女，出落得娇小玲珑，十分可爱。她满面堆着稚气的笑，态度又是羞涩，又是柔媚，又是惹人怜爱。她跣着足，穿着一套有颜色的下人衣服。脸上最显著的美，是她那双天真无邪，闪着光的眼，和那个说话时不敢尽量张翕的小口。这时她含着笑向着之菲说：

"沈先生，曼曼姑娘和陈夫人都在海滨等候你呢。她们要请你同她们一同到街上去散步一会。"

她说话时的神情，像是一字一字的咀嚼着，说完后，只是吃吃地笑。在她的笑里流露着仰慕他们的幸福，和悲伤着她自己的命运的阴影。

"可怜的妹妹!"之菲看着她那种可怜的表情,心中不禁这样说了一声。"咳!你这么聪明,这么年轻,这么美貌;因为受了经济压迫,终于不得不背离父母,沦为人家婢女!……还有呢,你长得这么出众,偏落在杨老板家中;我恐怕不久,他一定又会把你骗去,做他的第五个姨太太呢!"

他想到这里,心头只是闷闷,吐了几口气,依旧地在街上摆动着。

"咳!所以我们要革命!惟有革命,才能够把这种不平的,悲惨的现象打消!……"他自语着。

到了海滨,一团团的黑影在灯光照不到的地方蠕动着。一阵阵从海面吹来的东风,带来一种像西妇身上溢露出来的腥臭一样。之菲和那婢女在曼曼和陈夫人指定的地方张大眼睛寻了一会,还不见她们的踪迹。

"呀!他们那儿去了?"她有些着急地说。

"她们初到这里,怕迷失了路吧!"之菲很担心地说,心上一急,觉得事情很不好办了。

过了一会,在毗邻的一家洋货店内,她们终于被寻出来了。陈夫人这晚穿得异常漂亮,艳装盛服,象个贵妇人一样。曼曼亦易了妆束,扮成富家的女儿一样华丽。照她们的意思推测出来,好像是要竭力避免赤化的嫌疑似的。(在这被称为赤都的 C 城的附近的地方,剪发,粗服的女子,和头发披肩,衣冠不整的男子,都有赤化的嫌疑!……)

"啊,啊,我寻找你们很久呢!"之菲含笑对着曼曼和陈夫人说。

"我们等候得不耐烦了,才到这洋货店里逛一逛。"陈夫人娇滴滴地答。

"菲哥,我们一同看电戏去呢,"曼曼挽着之菲的手说。又拉着陈夫人同到电戏院去。

这一晚，他和她们都过得很快活。当之菲把她们送回寓所，独自在归途上走动时，他心里还充满着一种温馨迷醉的余影。他觉得周身真是被幸福堆满了。照他的见解，革命和恋爱都是生命之火的燃烧材料。把生命为革命，为恋爱而牺牲，真是多么有意义的啊！有时，人家驳问他说："革命和恋爱，到底会不会冲突呢？"

他只是微笑着肯定地说："那一定是不会冲突的。人之必需恋爱，正如必需吃饭一样。因为恋爱和吃饭这两件大事，都被资本制度弄坏了，使得大家不能安心恋爱和安心吃饭，所以需要革命！"

今晚，他特别觉得他平时这几句说话，有了充分的理由。在这出走的危险期内，在这迷醉的温馥途中，他觉得已是捆捉着生命之真了。

晚上十一点钟，他回到杨老板的店中（他每晚和陈若真同在一处睡觉）。P君，林谷菊，陈晓天，铁琼海和江子威诸人照旧发狂地在房子里谈论着一切。

"我打算后天到新加坡去，在那儿，我可以指挥着一切群众运动！"这是P君的声音。

"我依旧想到W地去。"这是铁琼海的声音。

"我们一起到W地去，实在是不错。"这是江子威的声音。

"我此刻不能去，一二星期后，我打算到暹罗去。"这是陈晓天的声音。

"我连一文都没有！我想向陈若真借到一笔旅费，同你到新加坡去。"这是林谷菊朝着P君说着的声音。

之菲在楼梯口望了一会，觉得有趣。他便即刻走到房里去参加他们的谈话会。

这样的谈话，继续了约莫十五分钟以后，陈若真从客厅上走下来向着他们说："诸位，你们的谈话要细声一些！"他哼着这一句，便走开去了。他这几天老是不敢坐在房里，镇日走到客厅上去和商人们谈闲天。

约莫十一点半钟的时候，店里一个伙计慌慌张张走到之菲那儿，用很急遽的声音说："走啊！几个包探！他们差不多到楼梯口来了！作速的跑！……跑！跑啊！"

这几句话刚说完时，之菲便走到门口，但已经是太迟了！一个，两个，三个，四个的健壮多力的包探都在他们的房门口陆续出现！

在门口的之菲，最先受他们的检查。衣袋里的眼镜，汇丰纸票，自来水笔，朋友通讯住址，几片出恭纸都给他们翻出来。随后便被他们一拿，拿到房里面坐着。就中有一个鼻特别高，眼特别深，举动特别像猎狗的包探长很客气地对着他们坐下。他的声音是这么悠徐的，这么温和的。他的态度极力模拟宽厚，因此益显出他的狡诈来。

"What is your name? Please!（请问尊姓大名！）"他对着之菲很有礼貌地说，手上正燃着一条香烟在吸。

"My name is—Chang So.（我叫张素。）"之菲答，脸上有些苍白。

——Where do you live?（住在那儿）

——l live in Canton.（住在广州）

——What is your occupation?（做什么工作的?）

——l am a student。（我是个学生。）

——How old are you（多大年纪?）

——Twenty five years old。（二十五岁。）

——Why do you leave Canton now?（干吗要离开广州?）

——l disike Canton so much, l feel it is troubled!（我不喜欢广州，我觉得那里讨厌!）

这猎狗式的西人和之菲对谈了一会，沉默了一下，便又问着：

——Your say that you are a student, but which school do you belong?（你说你是一个学生，但是你是哪个学校的？）

——l belong to National Kwangtung University。（我是国立广东大学的。）

——Why do you live in this shop?（你为什么住在这店里？）

——Because the shopkeepre of this shop is my relation.（因为这店的老板是我的亲戚。）

——What kinnd of relatiom is it?（什么亲戚？）

——The shopkeeper is my uncle-in-law.（老板是我的舅舅）。

——Do you enter any party?（你入过什么党吗？）

——No！I ynever。（不！我从没入过。）

——Are you a friend of Mr Lee Tie－sin？　（你是李迪新的朋友吗?）

——No！I don't acquaint with him.（不！我不认识他。）

这像猎狗一样感觉灵敏，能够以鼻判断事物的包探长，一面和之菲谈话，一面记录着。随后，他用同样的方式去和 P 君，铁琼海，林谷菊，陈晓天诸人对话。随后又吩咐那站在门口的三外包探进来搜索，箱，囊，藤篮，抽屉都被翻过；连房里头的数簿，豆袋，麦袋，都被照顾一番。这三个包探都遍身长着汗毛，健壮多力。他们搜寻证物的态度好似饥鹰在捕取食物一样，迅速而严密。

搜索的结果，绝无所得。但，他们分明是舍不得空来空去的。这时那猎狗式的包探长便立起身来向着之菲说：

——You have to with us！（你得跟我们一道走！）

——May I yask you what is the reason?（请问是什么理由？）——之菲答。

——We don't believe you are a good citizen, that is all.（总之，我们不想信你是一个安分的公民。）

——May I ystay in this shop？（我可以留在这店里吗?)

——No，you can't！（不，不成!)

——So then I ymust go with you！（那么，我一定得跟你们走罗!)

——Yes！Yes！（对哪！对哪!)

——May l bring a blanket with me？（我可以带一条毛毯吗?)

——Yes，you may，if you please！（可以的，请吧!)

包探长和他对说了几句，便命一个身材非常高大，遍身汗毛特别长的包探先带他坐着摩托车到警察总局去。包探长和其余的两个包探却分别和 P 君，谷菊，晓天，铁琼海，江子威到他们的住所去检查行李。

天上满着黑云，月儿深闭，星儿不出。在摩托车中的之菲，觉得一种新的傲岸，一种新的满足。固然，他承认不去拿人偏给人拿去，这是一件可耻的事。但干了一回革命，终于被人拿去，在他总算于心无愧。比起那班光会升官发财的革命者，口诵打倒帝国主义之空言，身行拍帝国主义者马屁之实者，总算光明许多。还有一点，他觉得要是在这 H 港给他们这班洋鬼子弄死，还算死在敌人手里，不致怎样冤枉。要是在 C 城给那班所谓同志们弄死，那才灵魂儿也有些羞耻呢！

同时，他也觉得有点悔恨。他恨自己终有点生得太蠢，几根瘦骨格外顽梗得可悲，拜跪不工，马屁不拍，面具不戴，头颅不滑，到而今，仰不足以事父母，俯不足以蓄妻子，左隳师友之欢，右贻亲戚之忧，人间伤心事，孰逾乎此！

经过几条漆黑的街道，他屡次想从摩托车里跳出来。但他觉得这个办法，总是有点不好，所以没有跳得成功。过了一忽，警察总局便在他的面前跃现着了。

下了车，他被带进局里面去了。局里面正灯光辉煌，各办事人员正很忙碌地在把他们的头埋在案上。这时，他们见拿到一个西装少年，大家的样子都表示一点高兴和满足。

"赤党！一定是个赤党！"他们不约而同地张着眼睛，低喊着。他们的确是比那位包探长更加聪明；只用他们的下意识，便能断定之菲的罪状。

停了一忽，之菲站在一个学生式的办事人员面前受他的登记。那办事人员很和气而且说话时很带着一种同情的，冷悯的口吻他问：

"渠的点解会捉左你来呢（他们为什么会把你拿来呢）？"

"我唔知点解（我不知道）！"之菲不高兴地答。

一年来世故阅历得很深的之菲，知道这办事人员一定是个新进来办事的人，所以他还有一点同情的稚气。他知道要是过了三几年，他这种稚气自然会全数消尽。那时候他一定会和其他的办事人员一样，见到一切犯人，只会开心！他沉默了一会，用着鄙夷不屑的神气恶狠狠地望着那班在嘲笑着他的办事人员，心中很愤懑地这样想着：

"你们这班蠢猪都是首先在必杀之列！你们都是些无耻的结晶，奴隶的模型，贱格的总量！你们只配给猎狗式的西人踢屁股，打嘴巴，只配食他们的口水！你们便以此狐假虎威，欺压良善。你们为自己的人格起见，即使率妻子而为娼为盗，还不失自立门面，有点志气！但，你们不能，所以你们可杀！……"他越想越愤慨，眼睛里几乎喷出火来。

姓名，年岁，职业，和一切必须登记的话头都给那稚气的办事人员登记了。跟着，便来了一个年纪约莫三十余岁，身材短小的杂役向他解开领带，钮扣，裤带，袜带，鞋带；拿出衣袋里的眼镜，纸币，自来水笔，手巾，一一地由那登记员登记。登记后，便包起来拿去了。随后，他只带着一条毛毯，被一个身材高大得可怕的西狱卒送到狱里面去。

八

狱里面囚徒纵横睡倒，灯光凄晴，秽气四溢；当之菲被那狱卒用强力推入铁栏杆里面时，那些还未睡觉的囚徒们，都用着惊异的眼光盯视着他。

"你为什么会来到这个地方？"一个臭气满身的，面目无色，像在棺材里走出来的活死人问。他的意思是以为穿西装的少年，一定是有很高的位置的，不至于坐监的。他见之菲穿着漂亮的西装，竟会和他一块儿坐在这臭湿的地面上，不觉吃了一惊。他的那对不洁的，放射着黄光的眼睛，这时因为感情兴奋，张开得异样的阔大。在他的眼光照得到的地方，顿时更加黑暗，凄惨起来。

"他们为什么要把我拿到此地，我自己也是不知道的，"之菲很诚恳地答。

"他们大概是拿错的，"另一位囚徒说。这囚徒乱发四披，面如破鞋底一样不洁。

"你外边有朋友吗？他们知道你到这边来了吗？"第三个囚徒问，他的样子有几分像抽鸦片烟的作家一样。

"朋友多少是有的，他们大概也是知道的，"之菲很感激地答。他这时面上燃着微笑，感到异常满足的样子。

"你要设法通知你的朋友，叫他们拿东西来给你吃。这里的监饭很坏，你一定吃不下的。我们初来时，也是吃不下。久了，没有法子想，才勉强把每餐像泥沙般的监饭吞下多少！"第一个囚徒说。他再把他的眼睛张开一下，狱里面的小天地又顿时黑暗起来了。

"你们为什么给他们拿来呢？"之菲问。

"抽鸦片烟，无钱还他们的罚款！"第一个囚徒觉得有点羞涩地答。

"抽鸦片烟，无钱还他们的罚款！"第二个囚徒照样地答。

"抽鸦片烟，无钱还他们的罚款！"第三个囚徒又是照样地答。

大家倾谈了一会，这个让枕头，那个让地板位，之菲觉得倒也快活。

"Chang So! Chang So!（张素！张素！）"刚才带他到这狱里来的那个西狱卒在狱门口大声呼唤着，随着他便把狱门打开，招呼着他出去。众囚徒齐向他说："恭喜！恭喜！你大慨可以即刻出狱了！"

他来不及回答，已被那西狱卒引到一间很清洁，很阔气的拘留所去。一路这西狱卒对着他很有礼貌地问：

"Are you Mr. Chang So?（你是张素先生吗?）"

"Yes，I am！（是，我是的！）"他冷然地答。

"Oh，this place is too dirty for you！l now guide you to a fine room！（呵，这地方对你是太脏了，现在我带你到一间漂亮房间去！）"狱卒说。

"Thank you very much！（谢谢！）"之菲毫不介意地答。

"You have some friends who shall came to a company you soom！（你有些朋友马上也来跟你作伴呢！）"狱卒笑着说。他的粗重的声音，使壁间生了一种回声。

"Yes I am sure！（是的，我相信如此！）"之菲答，他觉得有点不能忍耐了。

这时，他们已到那漂亮的拘留所。之菲微笑着，挺直胸脯，自己塞进房里头去。狱卒向他一笑，把房门锁着，便自去了。

"在这 H 港给他们拿住是多么侥幸！要是在 C 城落在他们那班坏蛋手里，这时候一定拳足交加，说不定没有生命的了！可怜的中国人呀！你们对待自己的兄弟偏要比帝国主义者对待他们的敌人更加凶狠！这真是滑稽极了！"在拘留所内的之菲，对着亮晶晶的灯光，雪白的粉墙，雅洁的睡椅不禁这样想着。过了一会，他开始地感到孤独。在室中踱来踱去，走了一会，忽而不期然而然地，想起在伦敦给人家幽囚过的中山先生来。他把眼睛直直的凝视着，恍惚看见中山先生在幽囚所中祈祷着的那种虔诚，忧郁，和为人类赎罪的伟大的信心的表情。他很受了感动，几乎哭出来了。这样地凝视了一会，他又恍惚地看见中山先生走向他面前来，向着他说着一些又是悲壮又是苍凉的训词。

"小孩子，不要灰心罢。全世界被压迫的阶级和被压迫的民族的解放，完全是要靠仗你们这班青年人去打先锋。奋斗！奋斗！为自由而奋斗！为真理而奇斗！为扑灭强权而奋斗！为彻底反帝而奋斗！为彻底打倒军阀而奋斗！为肃清一切反革命，假革命而奋斗！把你们热烈的心血发为警钟去唤醒四千年神明之裔，黄帝子孙之沉梦！把你们强毅的意志化为利器去保护十二万万五千万被压迫的同胞！杀身以成仁，舍生以赴义，与其为奴而生，不如杀贼而死！……"训词的内容大致是这样。

在狱中的之菲，至死不悟的之菲，这时尚在梦想那被许多人冒牌着的中山先生。他如饮了猛烈之酒，感情益加兴奋，意气益加激昂。

"奋斗！奋斗！幸而能够出狱，我当加倍努力去肃清一切恶势力！"他张大眼睛，挺直腰子，对着自己宣誓，把拳头一连在壁上痛击几下。

"Mr. Chang So, your friends come here now!（张素先生，你的朋友们现在来啦!）"狱卒半是同情，半是嘲笑的站在门口向他说着他好像从梦中醒来似的，耳边听见 P 君和晓大君在办事处谈话的声音。

"啊，啊，他们也来了！好，好，这才算是德不孤，必有邻呢！唉！这倒痛快！"之菲在房里赞叹着，他的态度，好像在欣赏着一篇好的文学作品一样。

受过同样登记后的 P 君和晓天君，终于一同被那西狱卒送到之菲的房里头来。他们这时候，更是谈着，笑着，分外觉得有趣。

"一点证据都没有，我想大概是不至于有了生命的危险的，"之菲冷然地说。

"最怕他们把我们送回 C 城去！送回 C 城去，那我们可一定没有生命了！" P 君答，他的脸色有点灰白，态度却是非常镇定。

"大概是不会的，"晓天带着自己安慰自己的神情说。

"起来！饥寒交迫的奴隶！起来，全世界的罪人！满腔的热血已经沸腾，作一次最后的斗争！……" P 君低声唱着，手舞足蹈，有点发狂的样子。

"不要乱唱罢！"之菲说，摇着头作势劝他停止。

"谷菊君，子威君和琼海君终于不来，不知道是被送到第二处监狱去，还是给他们免脱呢！"过了一个钟头之后，晓天说。晓天是个活泼的青年，脸上很有血色，颧骨开展，额阔，鼻有锋陵。他的身体很强壮，说活时老是摇着头，伸着手，作着一个演说家的姿势。他和之菲同学，同事，现在更同一处坐监。

约莫是深夜三点钟的时候，他们开始睡眠了。因为连一个枕头都没有，各人只得曲肱而枕。那不够两尺来宽，却有一丈多长的睡椅是太小了，他们只得头对脚地平列睡下去。一套单薄的洋毯，亦是很勉强地把他们三人包在一处。

在这种情况下不能成眠的之菲，听着房外寒风打树的声音，摩托车在奔驰着的声音，一队队的包探在夜操的声音，觉得又是悲壮，又是凄凉。他想起他的颓老的父母亲，想起他的情人，想起他的被摈弃的妻，想起他平时不尝想到和忘记的一切事情；他觉得虚幻，缥渺，苍茫，凄沉，严肃，灰暗，但他总是流不出眼泪来。

九

之菲一夜无眠，侵晨早起。这时候群动皆息，百喧俱静。拘留所外，上廊上只排列着几架用布套套住的汽车，长廊外便是一个士敏土镇成的广场。广场的对面，高屋岸然，正是警察总局的办公处。

一轮美丽的朝阳，距离拘留所不够五十丈远的光景，从海边的丛树中探头探脑的在窥望这被囚的之菲。这是像胭脂一样的嫣红，像血一样的猩红，像玫瑰花一样的软红，像少女的脸一样的嫩红，像将军的须一样的戟红。它象征柔媚，同时却象征猛烈，它象征美，问时却象征力。它是青春的化身，它是生命的全部。它有意似地把它的红光射到黑暗的拘留所，把它的温热浸照着之菲的全身。它用它的无言的话语幽幽地安慰着他。它用它的同情的脉动深深地鼓励着他。他笑了。他深心里感到一种不可言说的愉悦地笑了。

过了一会，一个司号的印度兵雄赳赳的站在长廊上。他向四周里望了一望，便把手上的喇叭提到口里，低着头，张着目，胀动着两腮地吹起来。在这吹号声中，足有两百个印度兵，几十个英包探，一百个中国兵，一齐地挤到这廊外的广场上。他们都很认真地在操练着，一阵阵皮鞋擦地的声音，都很沉重而有力。

雇佣的印度兵差不多每个都有十二两重的胡须。须的境域，大率自下项至耳边，自嘴唇至两腮。须的颜色，自淡褐色至沉黑色，自微黄色至深红色，大体以黑色者为最多。他们像一群雄羊，虽须毛遍体，而权威极少。他们持枪整步的技巧似乎很高，一声前进如黑浪怒翻，势若奔马。一声立正，如椰林无风，危立不动。

英包探个个都很精警，有极高的鼻峰，极深的眼窝，极凶狠的神气，极灵活的表情。眼睛里燃着吃人的兽性，燃着骄傲的火星。他们都长身挺立，象一队忍饥待发的狼群一样。他们散开来，每人都有一辆摩托车供着驱使，来去如驰风掣电，分明显出捕人正如探囊取物。

雇佣的中国兵，那真滑稽第一，不肖无双的了！他们经过帝国主义者高明的炮制，只准他们戴着尖头的帽，缚着很宽阔的裤脚，腰心很不自然地束着一条横带。一个个鼻很低，脸色很黄，面上的筋肉表现出十分弛缓而无力。操也操得特别坏，他们的足在摆动着，他们的头却永远地不是属于他们所有的样子。

这时，P君和晓天君也起身了。他们都即刻走到门连隔着铁栏望着广场上的三色板的晨操。看了一会，觉得着实有趣，他们便在这拘留所里面用着皮鞋踏着地板，十分用力地操起来。

从门外经过的白种人，都很感到兴味地把他们考察一番，问问他们被拘的理由，便自去了。他们这种热心的照顾，全然是由于好奇心的激励，同情的部分当然很少，这是无疑的。其中如一个西狱卒，和一个把之菲从××号带来的包探，有时也玩弄着一点小殷勤，这算是绝无仅有的例外。

但，在这种漆黑的，闷绝的环境中，居然有了一个杂役头目的华人和一个司号的印度人向他们表示着亲切的同情。虽然这种同情对于他们的助力极少，但同情之为同情，自有它本身的价值。

这华人是个身躯高大，脸生得像一个老妈妈一样，态度非常诚实的人。他穿着一身制服，肩上有了三排肩章。行路时很随意，并不将他的弯了的腰，认真挺直一下。他的面孔，有些丰满，但不至于太肥。他说话时，声低而阔，缓而和。这人忽然走到他们的门口，问着他们是否要买食物。之菲便把袋里的两角银——他们搜身时不小心留下的——给他，嘱他代买面包。之菲恳求他到××街××号通知陈若真和杨老板，请他们设法营救，也经他的允许。不过，这件事完全是失却效力。因为当他晚上回来报告时，他说杨老板完全不承认有这么一回事。

司号的印度人是个中等身材的人，他的皮肤很黑，胡子很多。他的眼很明敏警捷，额小，鼻略低。全身很配称，不失是个精悍灵活的好身手。他偷偷地用英语和他们说话，但他很灵敏地避去各个白种人的注意。他对于他们的被捕，有一种深切的同情，和一种由羡慕而生出来的敬意。有时，他因为不能得到和他们谈话的机会，他便迅速地从铁栏门外探海灯似地打进来了个同情的苦脸。当白种人行过时，他又背转身在走来走去，即刻把他的行为很巧妙的掩盖了。

有一次，他把一枝铅笔卷着一张白纸，背转身递给他们，低声地说着：

"Please, write on your friends' address. I can in from them to see you!（请写上你朋友的住址，我能通知他们来看你!）"

他的声音很悲激，很凄沉，这显然是由他的充分同情的缘故。

"Thank you! We have sent a message to them, but the answer is not to be received yet!（谢谢你，我们已经派一送信的人到他们那里去了，不过到现在还没得到回信!）"之菲答，他这时倚着铁栏杆很敏捷地接过他的纸笔，即便藏起。

是傍晚时候，斜刚在廊外广场的树畔耀着它的最后的笑脸。树畔的坐倚上坐着一个十分美丽的西妇，几个活泼的小女孩像小鸟般在跳跃着。那四妇穿着淡红色的衬衣，金丝色的发，深蓝色的眼，嫩白色的肉，隆起的胸，周身的曲线，造成她的整个的美。她对于她自己的美，似乎很满足。她在那儿只是微微笑着。那几个小女孩，正在追逐着打跟斗，有时更一齐走到那西妇的身上去，扭着她的腕，牵着她的臂，把头挂在她的腿上。那西妇只是笑着，微微地笑着。

彻夜没有睡，整天只吃到三片坚硬的冷面包的之菲，现在十分疲倦。他看到门外这个行乐图，心中越加伤感。幻灭的念头，不停地在他心坎来往。他想起他的儿时的生活，想想他小学，中学，大学时代的生活，想起一切和他有关系的人，想起一切离弃他的人，最后他想起年余来在革命战地上满着理想和诗趣中深醉着的生活。这些回忆，使他异常地怅惘。他一向是个死的羡慕者，但此刻他的确有点惊怕和烦闷。他的脸很是灰白，他的脑恍惚是要破裂的样子。

P君是因为受饿的结果，似乎更加瘦长起来了。他踱来踱去，有点像幽灵的样子。他的脸上堆满着黑痕，口里不住地在叱骂着。他的性情变得很坏，有点发狂的趋向。

晓天君说话时，依然保存他的演说家的姿态。但声音却没有平时那么响了。

一〇

又是过了一夜。这一夜他们都睡得很好。听说今天要传去问话，这个消息的确给他们多少新的期望，不管这期望是坏的还是好的。他们平时都是自由惯了，不知自由是怎么可贵的人，此刻对于铁栏外一切生物在自由行动的乐趣，真是渴慕到十二分。连那在门外走廊上用一团破布在擦净着地面的，穿着破烂衣裤的工人，和一只摇着尾在走动着的癞皮狗，都会令他们羡慕。因为对于自由的渴慕愈深，所以对于帝国主义者无端对自由的侵害愈加痛恨！同时，想起那班勾结帝国主义者在残杀同胞的所谓"忠实同志"！更成为痕恨中之顶深切的痛恨！

其实痛恨尽管由他们痛恨，然而入狱者终于入狱，被残杀者终于被残杀，安享荣华者终于安享荣华。事实如此，非"痛恨"所得而修改。这时候为他们计，最好还是在心灵上做一番工夫，现出东方人本来的色彩来。最上乘能够参禅悟道，超出生灭，归于涅槃。那时候，岂不是坐监几日，胜似面壁九年！其次或者作着大块劳我以生，佚我以死，享乐我以入狱的玄想。要是真能得到"忘足，履之适也，忘身，住之适也"的混沌境界，也未尝不可。但他们都是二十世纪的青年，他们不能再学那些欺人自欺的古代哲学家，去寻求他们的好梦。……其实，他们也要不到这种无聊的好梦！

差不多是上午十一时的时候，他们便一齐被传出去问话。问话处由这拘留所门外的长廊向左走去，不到几十步的工夫便到了。他们一路上各人都有他的一个护兵式的杂役把他们牵得很出力。牵着之菲的一个杂役，满面露着凶狠之气。他穿着普通警一样的制服，斜眉，尖目，小鬼耳。他行路时几根瘦骨头本有些难以维持之意，但他拿着之菲，却自家显出自家是个威猛，有气力的样子来。他的表情很难看，不停地圆睁双眼看着之菲，鼻孔里哼出"恨！恨"的声音来，表示他对这犯人的不屑！

"你贵处系边度啊（你贵处那里呢）？"之菲低声下气地问着他。

"你想点啊（你想怎样），混账！"这杂役叱着，他的眼睛张得愈大了。

"我好好地问你一声，点解你咁可恶啊！你估好你勒咩，我中意时，上你几巴掌！（我好声气的问你一声，你为什么这样胡闹呢！你以为你很高贵吗？我如果觉得快意时，便赏给你几巴掌！）"之菲大声叱着他，眼睛几乎突出来了。

欺善怕恶的杂役，这时只得低着头，红着脸，沉默着不敢做声。

问话处是一间三丈见方，二丈多高的屋子，安置着办公台，旋围椅，象普通机关的办事处一般的样子。室内有一点木材气味，坐在那里的翻译员是个矮身材，洋气十足，穿着称体西装的人。他的鼻头有一粒小黑痣，痣上有几条鬈曲着的黑毛。那在翻译员上首，专词问话的西人，穿着一套灰色的哗叽洋服，脸上红得像一个酒徒一样。

之菲最先被审问，其次 P 君，其次晓天。在问话中，他们摇一下身子，扭一下鼻孔，都要受谴责。"无礼！""不恭敬！"那翻译员时常用着师长的神气说，极望把他们加以纠正。最后，他似乎为一种或然的同情所激动，扭着身子向他们开恩似的说：

"诸位，你们这件案情很轻，一二天内当可出狱。不过，哈！哈……"他很不负责任地笑着。

停了一会，他们又被送回拘留所去。

他们今早又没有饭吃，饿火在他们腹中燃烧着，令他们十分难耐。他们开始暴躁起来，一齐打着铁门，用着一种饿坏了的声音喊着：

"Sir！Sir！Sir！——（先生！先生！先生！）"

"Mr.！Mr.！Mr.！——（先生！先生！先生！）"

他们的声音起初好像一片石子投入大海里一样，并没有得到些儿影响。过了一个不能忍耐的长久的时候，那个西狱卒才摇摇摆摆地走来把他们探望一下。

"Sir！We are on the point of dying！We have not any food to eat these two days！（先生，我们都快要死了，这两天我们什么也没吃上口。）"

"Why！Why！（呵！呵！）"他表示出十分骇异，把肩微微地一耸着说。"You have no friends to give you foods！Oh，sorry！（你们没有朋友给你们食物，呵，真对不起！）"

"But now what shall we do，we are nearly starved！（但是现在我们怎么呢，我们饿得要死！）"之菲说，他对于面前的西狱卒恍惚看做一只刺激食欲的适口的肥鸡一样。

"This evening，food is to be prepared，though it may be far from your appetite！（今天黄昏给预备食物，虽然可能不大合你们的口味！）"西狱卒很不耐烦地说着，便很忙碌似地跑去了。

翌日下午两点钟的时候，他们都被带到包探长室里面去。包探长室在拘留所的斜对面，和正副警察长的办公处毗连着。室内布置很有秩序，黄色的墙，黑色的地板，褐色的办公台和坐椅，很是显出镇静和森严。包探长这两天的案件大约审判得太多，所以他的鼻也像特别长起来了。他的鼻的确是有些太长，那真有些令人一见便怕碰坏它的样子。他的声音依旧是这样温暖低下，同时却带着一种很专断的口吻。他穿着一件很适体的黑色西装，态度很严肃，这当然是个有高位置的人所应该有的威严。

"Mr. Chang So，（张素先生，）"他用着他的高鼻孔哼出来的鼻音和之菲谈了一会，最后终于这样说着："We don't allow you tO remain here any longer！I think you had better go back to Canton！（我们不许你再留在这里，我想你最好回到广州去！）"他说罢，向他狞笑，很狡猾而发狠地狞笑。

"I don't like to go back to Canton in my life-time！（我这辈子是不高兴回广州去的！）"之菲很坚决地答，脸上表示出一种鄙夷不屑的神态。

"Then where shall you go？（那么，你到那里去呢？）"包探长再用他的鼻音说。

"l shall go to S. town, in which place, I can live under my parents' Protection！（我回到 S 城去，在那里我可以得到我父母的保护！）"之菲很自然地回答。他虽然知道到 S 埠亦是和到 C 城一样，有被捕获的危险。但他对这两天的狱居生活异样觉得难受。他对于经过 S 埠虽有几分骇怕，但总还有几分幸免的希望。至于他所以向他提出他的父母的名义来，这不过是要令他相信他是好儿子，并不是一个了不得的革命党人的意思。

"Yes，you may go！（是的，你可以走啦！）"包探长说，他把他那对像猫一样蓝色的眼光，盯视着之菲。随后，他便即在案头用左手摸起那个电话机的柄，放在他的口上，右手摸起那个听筒，喃喃地自语了一会，他像得到一个新鲜的消息似地，便放下听筒和机构，向着之菲说：

"You can go to S.——immaediately on board the ship called HaiKun。（你可以立刻坐船到 S 城去，船名叫海空。）"

P 君和晓天都因急于出狱，结果便被这包探长判决伴着之菲一同出境，同船到 S 埠。

一个面色灰暗，粗眉大眼，高颧骨，说话带着 C 城口音的暗探，步步跟随着他们。他对于他们的一举一动都有意地干涉。他惯说："不要动！——没规矩！——失礼！——这里来，快！——"等等带权威的命令式的说话。

"你一个月赚到几个钱！哈哈！……" P 君冷然地向他问着，一双恼怒的眼只是向着他紧紧盯住。这显然是向他施行一种侮辱和教训。他似乎很生气，他的眼睛全部都变成白色了，但他到底发不出什么火气来。约莫三点钟的时候，他们都被一个矮身材，横脸孔，行路时像一步一跳似的西人，带到和包探长室距离不远的一间办公室去。室内是死一样地深静，几个在忙着办公的西人都像石像一样，一动也不动地坐着。他们都是半被挟逼地站着在这办公室的近门口的一隅，那儿因为永久透不到光线，有点霉湿的臭气味。他们每人的十个指头，先后被安置在一个墨盒上，染黑后被安置在纸上转动着把各人的十个指纹印出。那些被印在纸上的黑指纹，像儿童印在纸面上的水猫一样，对着它们的主人板着嘲笑的脸孔。停了一忽，他们又被带到办公处外面，给他们照了三张相。

一种潜伏着的爆裂性，一种杀敌复仇的决心，在他们胸次燃烧着，鼓动着。但他们的理性告诉他们说，他们暂时只得忍辱和屈月艮，他们的复仇的机会仍然未到，只好等待着。

约莫四点钟的时候，一切登记后被没收去的东西都全部发还，他们即时可以出狱。那司号的印度人频频地向着他们笑。他向着他们说：

"l can go to see you off?（我可以给你们送行吗?）"

"They tell us that we shall go to the steamship on motor car! I think you can not keep pace with us!（他们告诉我们说，我们将坐汽车到轮船上去，我想你是没法跟上我们的!）"之菲答，他表示着感激和抱歉的样子。

一颗率真的泪珠在这司号的印度人的黑而美的眼睛里湿溜着。懊丧和失望的表情，在他脸上跃现。

"Good-bye!（再会!）"他说，声音有些哽咽。

"Good-bye!（再会!）"之菲很受感动地踏进一步，把手伸给他说。那印度人四处望了一望，有十几对白人的眼睛在注意他，他便急忙把手插在裤袋里，装着不关心的样子似地走开去了。

停了一忽，一切手续都弄清楚了。一架由一个马来人驾驶着的漂亮的汽车，把他们载向那斜日照着黄沉沉的光，凉风扇着这里，那里的树叶的马路上去。押送着他们去的，有那个遍身汗毛的西捕，和那个面色灰暗的暗探。

一阵狂热和爱的牵挂纠缠着的之菲。他用一种严重的，专断的口吻向着那西捕说：

"Sir! I have a lover here, I must go to see her now!（先生，我有一位爱人在这里，现在我一定得去看看她!）"

"No,（不!）"西捕含笑地说。"time is not enough!（时间来不及了!）"

"No! I must go to see her! Only a few minutes, that is enough!（不! 我一定得去看看她! 几分钟就够了!）"之菲说，他现出一种和人家决斗一样的神气。

"Why, you nay write her a letter, that is the same!（呵，你可以写封信给她，是一样的!）"西捕说，开始地有点动情了。

"No! I don't think that is the same!　（不，我想这不是一样

的!）"之菲更加坚决地说，他有些不能忍耐了。

"All right！You may go to see her now！（好吧，现在你可以去看她一下！）"西捕说，他闪着眼睛笑着，显然地为他的痴情感动了。

曼曼这两天因为没有看见之菲，正哭得忘餐废寝。杨老板家中的人骗她说，之菲因为某种关系，已先到新加坡去了。他们完全把之菲被捕入狱这件事隐瞒着，不给她知道。但她很怀疑，她知道之菲如果去南洋一定和她同去，断不忍留下她一个人在这 H 港漂流。她很模糊地，但她觉得一定有一件不幸的事故发生。因此，她整天整夜地哭，她的眼睛因此哭得红肿了！

当之菲突如其来地走到杨老板住家时，她们都喜欢异常。曼曼即刻走来挽住他，全身了无气力地倚在他的身上，双目只是瞪着他，再也说不出一句话来。

"好了！好了！你这两天到那儿去，曼曼姑娘等候得真是着急——啊！她这个时候刚哭了一阵，才给我们劝住呢！"三奶莺声呖呖地说，她笑了，脸上现出两个美的梨窝。她转一转身，正如柳树因风一样。

四奶，陈夫人，八奶和其余诸人，都来朝着他，打着笑脸，问长道短。他一一地和她们应酬了几句，便朝着曼曼急遽地说："曼妹，快收拾吧。我们一块儿回 S 埠去！事情坏极了，待我缓缓地告诉你！"之菲说，他被一种又是伤感，又是愉快，又是酸辛，又是欢乐的复杂情调所陶醉了。

再过十五分钟时间，他们和晓天，P 君都在码头下车子了。之菲向着那西捕带着滑稽的口吻说：

"（Gook-bye I shall see you again！（再会，我将再看到你的！）"

"Gook-bye Mr. Chang So！I hope you are very successfully！（再会，张素先生，我祝福你们完全顺利！）"那西捕含着笑紧紧地和他握着手说。

P君和晓天都照样和他握一回手。大家都觉得很满足地即时走下轮船里面去。

"呜！呜！"轮船里最后的汽笛响了。船也开行了。立在甲板是的之菲，凝望着黑沉沉的烟突里喷出来的像黑云一般的煤烟，把眼前的天宇第一号的帝国主义者占据的 H 岛渐渐地弄模糊了，远了，终于消灭了。他心中觉得有无限的痛快。

"哼！"他鼻子里发着这一声，自己便吃吃地笑了。但，停了一忽，他的脸色忽而阴沉起来了，他把他的眼睛直直地凝视着他那无论如何也看不到的地方，叹着一口气说：

"咳！可怜的印度人！你黑眼睛里闪着泪光的司号的印度人！我和你，我们的民族和你们的民族，都要切实地联合起来，共同奋斗！共同站在被压迫阶级的战线上去打倒一切压迫阶级的势力！……"这样叹了一声，他眼睛似乎有点湿润了。他怅然地走回房舱里去。

——

晚上七点钟的时候，船身震摇得很厉害。之菲觉得很软弱地倚在曼曼身上。他的脸色，因为在狱中打熬了两天，显得更加苍白。他的精神，亦因为经过过度的兴奋，现在得到它的休息与安慰，而显出特别的疲倦。他把他的头靠在她的大腿上，身子斜躺着。他的眼睛不停地仰望着她那低着首，脉脉无言的姿态。一个从心的深处生出来的快乐的微笑，在他毫无牵挂般的脸上闪现：这很可以证明，他是在她的温柔的体贴下陶醉了。

"你的两位真系阴功罗（你们两位真是罪过咯）！——唉！讨厌！……"P君含笑站在他们面前闪着眼睛，作出小丑一般的神态说。他这时左手插在裤袋里，右手的手指上夹着纸烟，用力地吸，神气异常充足。

晓天君正在舱位上躺着，他把他的目光紧紧地盯着他们只是笑。

"真爽罗，你的！（真快乐罗，你们！）——"他说。

"嘻！嘻！……哈！哈！……"之菲只是笑着。

"嘻！嘻！……哈！哈！……我的两个手拉手，心心相印，同渠的斗过。——咳！衰罗！你的手点解咁硬！——唔要紧！唔要紧！接吻！接吻！嘻！嘻！哈！哈！（嘻！嘻！哈！哈！我们俩手儿相携，心儿相印，和他们比赛。——咳！真糟糕！你的手儿为什么这样粗硬呢！——不要紧！不要紧！我们接吻吧！接吻吧！嘻！嘻！哈！哈！）"P君走上前去揽着晓天的臂，演滑稽喜剧似的，这样玩笑着。"我做公，你做纳！（我做男的，你做女的！）……"晓天抢着说。

一个军官装束的中年人的搭客，和一对商人样子的夫妇，和他们同舱的，都给他们引得哈哈地笑起来了。

正在这样喧笑中，一个长身材举动活泼的少女，忽然从门口走进这房舱里来。她一面笑，一面大踏步摇摇摆摆地走到之菲和曼曼身边坐下。她便是党变后那天和杜蕙芬一同到 T 村去找之菲的那个林秋英。她是个漂亮的女学生，识字不大多，但对于主义一类的书却很烂熟。她生得很平常，但十分有趣。她的那对细而有神的眼睛，望人尽是瞟着。她说话时惯好学小孩般跳动着的神情，都着实有几分迷人。她在 C 城时和之菲，曼曼日日开玩笑，隔几天不见便好像寂寞了似的。这时候她在之菲和曼曼身边，呶着嘴，摇着身，娇滴滴地说及那个时候来 H 港，说及她对于之菲入狱的挂念，说及在这轮船里意外相遇的欢喜。她有些忘记一切了，她好像忘记她自己是一个女人，忘记之菲是一个男人，忘记曼曼是之菲的情人。她把一切都忘记，她紧紧地挽着之菲的手，她把她的隆起的胸用力压迫在之菲的手心上！她笑了！她毫无挂碍地任情地大笑了！

"菲哥！菲哥！菲哥！……"她热情地，喃喃叫着。

"你孤单单的一个人来的吗?"之菲张大着眼睛问。

"和志雄弟一道来的。我们同在隔离这地不远的一个房舱上,到我们那里坐谈去吗!"

"和志雄弟一道来的吗?好!志雄弟,你的情人!——"曼曼抿着嘴,笑着说。

"你这鬼!我不说你!你偏说我!菲哥才是你的情人呢!嘻!嘻!"林秋英说,她把指儿在她脸上一戳,在羞着曼曼。

"莫要胡闹,到你们那边坐谈去吧!"之菲调解着说。他站起身来,向着P君和和晓天说:"我给你们介绍,这位是林秋英女士,是我们的同乡!"

跟着,他便向着林秋英说:"这两位都是我的好朋友,这一位是P君,——这一位是晓天君。"

"到我们那儿坐谈去吧,诸位先生!"林秋英瞟着他们说。地把先生两个字说得分外加重,带着些滑稽口吻,说着,她便站起身来,拉着之菲,曼曼和P君,晓天,一同走向她的房舱那面去。

陈志雄这时正躺在舱位上唱着歌,他一见之菲便跳起来,走上前去握着他的手。

"之非哥!之非哥!呵!呵!"他大声叫着惊喜得几乎流出眼泪水,脸上燃着一阵笑容。他的年纪约莫十七八岁的样子,身材很矮,眼大,额阔,表情活泼,能唱双簧,在C城时和他相识的人们都称他做双簧大家。他和林秋英很爱好,已是达到情人的地步。出人意料之外的是他和林秋英的不羁的精神和勇气,他俩在这房舱中更老实不客气的把舱位外边那条枕木拉开,格外铺上几片板,晚上预备在这儿一块儿睡觉。

"一对不羁的青年田女!"这几个字深深地印在之菲的脑海里。

在这房舱中,之菲和着这对小情人谈了一回别后契阔,心中觉得快慰。他的悲伤的,烦闷的意绪都给他俩像酒一般的浓情所溶解了。

"英妹！雄弟！啊啊！在这黑浪压天的大海里，在这苍茫的旅途中，得到你们两位深刻的慰安和热烈的怜爱，真令我增几分干下去的勇气呢！"他终于对着他们这样说。

跟着，他便挽着 P 君和晓天坐在这对小情人的舱位上，秘密地谈起来了。

"对不住你们！船到 S 埠时，我要即时和你们分开，乔装逃走。因为我是 S 埠人，格外容易被人看出！"之菲说，他觉得很有点难以为情的样子。

"但不行！我不行！我现在连一文钱都没有了，你应该设法帮助我！"晓天着急地说。

"那，我可以潜你设法！我可以写一封介绍信给你，到一家商店去借取三十元！"之菲说，他把晓天的手紧紧地握着。

"我打算到新加坡去。我的旅费是不成问题的！"P 君说。他的态度很是悠闲，闪着眼睛，翘着嘴在作着一个滑稽面孔。

"介绍信便请你这个时候写吧！明早船一到埠时你即刻便要跑了，时间反为不够！"晓天说，他的态度急得象锅里蚂蚁一样。

"好的，好的，我即刻便替你写吧，"之菲说。即时从衣袋里抽出一支自来水笔来，向着林秋英索了信封信纸，很敏捷地写着：

> S 埠天水街同亨行交
>
> 李天泰叔台大人　　　钧启
>
> 　　　　　　　内详

天泰叔台人人钧鉴：

　　晓天君系侄挚友，如到贵店时，希予接洽，招待一切，彼似日间往暹罗一行，因缺乏旅费，特函介绍，见面时望借与三十元。此款当由侄日内璧赵。侄因事不暇趋前侯侯，

　　至为歉仄！肃此，敬请道安

侄之菲谨启　　月　　日

　　之菲把这封信写完后，即刻交由晓天收藏。

　　"留心些，把它丢失，便没法子想了！"P君说，他望着晓天一眼，态度非常轻慢。

一二

　　S埠仁安街聚丰号，一间生意很好的米店。店前的街路，两旁尽是给一些卖生菜的菜担，卖鱼的矮水桶。刀砧所占据。泼水泥污，菜梗萎秽，行人拥挤喧嚷，十分嘈杂。这店里的楼上，在上午十点钟的时候，来了一个远客。这远客是位瘦长身材面色憔黄而带病的青年。他头戴着一顶破旧的睡帽，眼戴一个深蓝色的眼镜，身穿深蓝色的布长衫。他的神情有点象外方人，说不定是个小贩，或者是个教私塾的塾师，或者是个"打抽丰"的流氓。他是这样的疲倦和没有气力，从他的透过蓝色眼镜的失望的眼光考察起来，可以即时断定他是一个为烦恼，愁闷，悲哀所压损的人物。他虽然年纪还轻，但因为他的面色的沉暗和无光彩，使他显出十分颓老。这远客便是从轮船上易装逃来的沈之菲。

　　这间米店是曼曼的亲戚所开的。告诉他到这里来的是曼曼女士。当海空轮船一到埠时，他留下行李给曼曼女士看管，独自个人扮成这个样子，一溜烟似地跑到这里来。

　　店里的老板是个年纪约莫四十岁的人，他的头部很小，面色沉黑。从他的驰缓的表情，和不尝紧张过的眼神考察起来，可以断定他是在度着一种无波无浪的平静生活。他的名字叫刘圭锡。之菲向他说明来意后，他便很客气地把他款待着。

"呵，呵，沈先生，刚从C城来吗？很好！很好！一向在C城读书吗？好！读书最好！读书最好！"刘老板说，他正在忙着生火煮茗。

"啊，啊，不用客气！茶可以不用啊。我的口并不渴！……唉！读书好吗？我想，还是做生意好！"之菲一面在洗着脸，一面很不介意地说着。

"不是这么说，还是读书好！读书人容易发达。沈先生一向在K大学念书吗？好极了！K大学听说很有名声呢！啊，沈先生，你看，现在这S埠的市长，T县的县长，听说统是K大学的学生。说起来，他们还是你的同学。好，沈先生！好，我说还是读书好！……"刘老板滔滔地说，脸上溢着羡慕的神气。

"是的，有些读书人或许是很不错的。但——不过，唉，有些却也很是难说！"之菲答，微微地叹了一口气。

过了一刻，曼曼女士带着一件藤呷咇，和她的父亲一同进来了。

"菲哥，这位是我的爸爸。我上岸后便先到M校去找他，然后才到这里来。"曼曼很羞涩而高兴地向着之菲介绍着，遂即转过身来向着他的父亲介绍着说：

"爸爸，这位便是之菲哥，我在家信里时常提及的。"

"呵，呵，呵，这位便是之菲兄吗？呵，呵，呵，回来了！回来了！回来了！前几天听说C城事变，我真担心！真担心！呵，呵，回来好！回来好！"曼曼的父亲说，脸上溢着笑容。

他的名字叫黄汉佩，年纪约莫五十余岁。他的身材稍矮而硕大，面很和善。广额，浓眉，大眼。面形短而阔，头颅圆，头后有一个大疤痕。说话声音很响，如鸣金石。他是个前清的优廪生，现时在这S埠M中学当国文教员。他的家是在T县，距离这S埠约有百里之遥。

他的女儿和之菲的关系，黄汉佩先生已略有所闻。不过只是略有所闻而已，尚不至于有所证实。所以忠厚的黄先生。对于"所闻"的也不常介意。他和之菲谈话间，时常杂着一些感激的话头。什么"小女多蒙足下见爱，多所教导，多所提携，老夫真是感激！"什么"我的小女时常说及你的为人厚道，真可敬呢！"一类的话头，都由黄先生口里说出。

之菲心中老是觉得渐愧，不禁这么想着："黄老先生，真不好意思，你是我的岳父呢！我和你的女儿已经结了婚了！唉！可怜的老人家！我要向你赔罪呢！"

有些时候，他几乎想鼓起勇气，把他和曼曼间的一切过去都告诉他，流着泪求他赦罪，但，他终于不敢这样做。他觉得他和曼曼的关系，现时惟有守着秘密。他觉得这时候，正在亡命时候，他们的革命行动固然不敢给他们的父母知道，他们的背叛礼教的婚约，愈加有秘密的必要。社会是欢迎人们诈伪的，奖励人们诈伪的，允许人们诈伪的，社会不允许人们说真话，做真事，它有一种黑沉沉的大势力去驱迫人们变成狡猾诈伪。他想这时候倘若突然向他老人家说明他们的关系，只有碰一回钉子，所以索性只是忍耐着。

"黄老先生，我和你的令媛是很好的朋友，互相帮助这是很平常的事啊。说到感激一层，真令人愧死了！"他终是嗫嚅地这样说着。

过了一会，黄老先生和他的女儿到楼前的一个卧房里面密谈去。约莫十分钟之后，他便又请之菲到房里面去。关于他们现在处境的危险，黄老先生已很知道。他诚恳地对着之菲说："之菲兄，到我们家里去住几天吧！我们有一间小书斋，比较还算僻静。你到我们家里去，在那小书斋里躲藏十天八天，人家大概是不知道的！"

"黄老先生，谢谢你！到你们家里去住几天本来是很好的，但，T县的政治环境很险恶，我这一去，倘若给他们知道，定给他们拿住了！……我还是回到我的故乡A地上好。那儿很僻静，距离T县亦有三四十里，大概是不致会发生危险的。"之菲答。他这时正坐在曼曼旁身，精伸仍是很疲倦。

"不到我们家里去吗？……"曼曼脸色苍白，有些恨意地问着。

"去是可以去的，但……咳！"之菲答，他几乎想哭出来。要不是黄老先生坐在旁边，他这时定会倒在她的怀里啜泣了。

"你们两人在这儿稍停片刻吧。此刻还早些，等到十一点钟时，你们可以雇两抬轿一直坐在停车场去。——坐轿好！坐在轿里，不致轻易被人家看见！我是步行惯了的，我先步行到停车场去等候你们一块儿坐车去。"黄老先生说着，立起身来，把他的女儿的肩抚了一下，和之菲点了一下头便自去了。

"菲哥，哎哟！……"曼曼说。她的两片鲜红的柔唇凑上去迎着他的灼热的唇，她的在颤动着的胸脯凑上前去迎着他的有力的搂抱。

"亲爱的妹妹！"之菲象发梦似地这样低唤着。他觉得全身软酥酥地，好像醉后一样。

自从之菲在H港入狱直至这个时候，他俩着实隔了好几天没行接吻的机会，令他们觉得唇儿只是痒，令他们觉得心儿只是痛。这时候，经过一阵接吻和拥抱之后，他们的健康恢复了，精神也恢复了！

"菲哥！亲爱的哥哥！你回家后，……咳！我们哪个时候才能再会？唉！和你离别后，孤单单的我，又将怎样过活？……"她啜泣着，莹洁的眼泪在她的脸上闪着光。

"亲爱的曼妹！T县无论如何我是不能去的，留在这S埠等候出洋的船期又是多么危险！所以我必须回到偏僻的A地去躲避几天。我想，这里面的苦衷，你一定会明白的，最好，你到T县后，一二天间，即刻到A地去访我。我们便在A地再设法逃出海外！唉！现在只有这个办法！"之菲答。他一面从衣袋里抽出一条手巾来，拭干曼曼的泪痕，一面自己禁不得也哭出来了。

"唉！菲哥！这样很好！你一定要和我一块儿到海外去！离开

你，我是不能生活下去的！"曼曼在之菲的怀里啜泣着说，脸色白得象一张纸一样。从窗外吹进来一阵阵轻风，把她的鬓发掠乱。她眼睛里流出来的泪珠，一半湿在她的乱了的鬓发了。

"心爱的妹妹！"之菲说，为她理着乱了的鬓发。"在最短的期间，我们总可以一块儿到海外去的！……在不久的将来，我们的生活一定能够放出一个奇异的光彩来！不要忧心吧！只要我们能够干下去！干下去！干下去！曙光在前，胜利终属我们！"他把她的手紧紧地握着，站起身来，张开胸脯，睁大着发光的眼睛，半安慰曼曼，半安慰自己似地这样说。

"好！我们一块儿干下去吧！"曼曼娇滴滴地说，在她的泪脸上，反映出一个笑容。

一三

约莫正午的时候，辞别了曼曼父女先从××车站下车的之菲，这时独自个人在大野上走动着。时候已是夏初四月了，太阳很猛厉的放射它的有力量的光线，大地上载满着炎热。在这样寂静得同古城一样，入耳只有远村三两声倦了的鸡啼声的田野中间，在这样美丽得同仙境一样，触目只见遍地生命葱茏的稼穑的田野中间，他陶醉着了，微笑着了，爽然着了。他忘记他自己是个逃亡者，他忘记死神正蹑足潜踪地在跟着他。在这种安静的，渊穆的，美丽的，淡泊的景物间，他开始地忆起他的童年的农村生活来。

——在草水际天的田野上，他和其他的小孩一般的，一丝不挂的在打滚着，游泳着，走动着。雪白的水花一阵一阵地打着他们稚嫩的小脸。满身涂着泥，脸上也涂着泥，你扮成山上大王，我扮成海面强盗。一会儿打仗起来，一会儿和好起来。这样的游戏尽够令他由朝至暮，乐而不疲！

——在那些麦垅之上，在那些阡陌之间，在那些池溏之畔，在那些青草之墟，在那些水沼之泽，树林之丛，他堆着许多童年之梦，堆着童年的笑着，哭着，欢乐着，淘气着的各种心情。

这时候，他通忆起来了。他的童年的稚弱的心灵，和平的生活，平时如梦如烟地，这时都很显现地在他脑上活跃着了。他笑了，他微笑地笑了。在他的瘦削的，灰白的，颓老的，饱经忧患的脸上有一阵天真无邪的，稚气的，微妙的笑显现。但，只是一瞬间他又是坠入悲哀之潭里去了。

他再也不笑了，他脸上阴郁得象浓云欲雨，疏星在夜一样了。他开始地战粟，昏沉。他觉得他的家庭一步一步的近，他去坟墓一步步的不远。他恐怕这坟墓，他爱这坟墓。他想起他的父母的思想的和时代隔绝，确有点象墓中的枯骨。他恐怕这枯骨，他爱这枯骨，他是这枯骨里孵生的一部分。他即变成磷光，对于这些枯骨终有些恩爱的情谊。他贪恋光明，但他不忍过分拂逆黑暗里的枯骨的意旨。他象磷光一样地战粟，恐怖，仿徨！他想起他的妻的妙年玉貌而葬送在这种坟墓的家庭中，在一种谈不到了解，谈不到恋爱，谈不到思想的怨闷，憔悴，失望，亏损的长年抑郁中。他对她充分地怜悯，拥抱地，吻她，一处洒泪。但她在他的心上总得不到一种恳挚的，迫切的，浓烈的，迷醉的，男女间的爱。她给他的全是一种肉体的丰美，圆滑，秀润，心灵上的赐与只有一个深刻的怨恨。他为此而战粟，而失望，而灰心。但他终是下意识地，宗教色彩的，牺牲的，一步步走向他的家庭间去！

他下车的这个乡村叫鹤林村，由这鹤林村再过三四十里便是宁安村，由宁安村横渡一条河面阔不到一里远的韩远河便是仙境村，再由这仙境村前行不到三四里路远便是 A 地，他的旧乡了。

他这时，茫茫然地行着。渐渐地由幻想里回到现实的境界来。他开始地觉得太热，满面汗湿。他急把蓝布长衫脱下，挂在手臂上。

他开始看见在这路上行着的不止他自己一人，前画还有和他一样的两个人在走动着。他忽然觉得有和他们谈话的必要，便快步迫上前上和他们接洽。

"老哥！到那里去的?"之菲向着他们点着头笑问着。

"到宁安村去的。你老哥呢?"两人中一个私塾教师模样的少年人答着。他的头部很细，眉目嘴鼻却勉强地安置得齐备。他的声音从他很小的口里发出来，但不低细。他的样子很自得，因为身材虽然很小，但他的乡村间的位置，却似很高。他虽然是渺小，但照他的衣著估价起来，他大概还不失是个斯文种子。

"兄弟是到 A 地去的。你们两位老哥在那里贵干啊?"之菲问着。

"不敢当！不敢当！兄弟和这位朋友都在这宁安村里教小学。你老哥就请顺道到那儿去坐吧!"这小头少年说。他的朋友向着之菲微微笑着，表示敬意。这朋友有些村野气，面上各部分，界限划不大清楚。但，眼光很灵活，似乎是个聪明的人物。

"好的！好的！到你们贵校去参观一下是很好的！你们两位老哥从前在什么地方念书啊?"之菲问，他这时正用着手巾去揩着他脸上的汗。

"兄弟从前是在 T 城 B 小学念书的，"他们两人齐声说。

"兄弟十年前也是在 B 小学毕业的，"之菲说。

"呵，呵，老兄这么说是我们的前辈了！未请教老兄贵姓名啊!"小学教师问。

"兄弟姓——张名难先。算了吧！大学都是同学，不要客气吧。"之菲说。

"呵，呵，张先生，久仰！久仰!"小头教师和他的朋友交口赞着。

这场谈话的结果，使他们骤然变成朋友。他到他们的校里喝了几杯茶，洗了一回凉水面。他们便替他雇来一乘轿，把他一直抬到A地去。

一四

在一条萧条的，凄清的里巷里，之菲拖着迟疑的，惶急的脚步终于踏进。巷上有三四个小孩，两个廿余岁的妇人，一个六十余岁的老妇人，他们正在忙碌着他们的日常琐事。

"呀！三叔来了！三叔来了！"一个十三四岁的小女孩首先发现，差不多狂跳着说。

"三叔来了！三叔来了！三叔来了！"其余的几个小孩一样地狂跳着叫出来。

一阵微微的笑，在那两个少妇的面上跃现，在那老妇人的面上跃现。

"母亲！嫂嫂！纤英！媚花！惜花！绣花！撷花！"之菲颤声向各人招呼着，两眼满含着清泪。

"孩儿——你——回来——回来好！好！"他的母亲咽着泪说，终于忍不住地哭了。

"叔叔！"他的嫂嫂咽着泪望着他凄然地哭起来。

他的妻纤英把他饱饱地望了一眼，也哭了。

他忍不住地也哭了。

几个小孩子见不是路，都跑开了。

过了一会，他的母亲忍着泪说："菲儿，唉！先回来几个月还可以见你的哥哥一面！——唉，儿呀，回来太迟了！"

他的二嫂听着这几句话，打动着她的惨怀，更加悲嘶起来。

"不要哭！"之菲竭力地说出这几个字，自己已是忍不住地又哭了。

"大嫂那儿去呢?"他继续着问。

"她到外头去,一会儿便回来的。儿呀!肚子一定饿了!呀!阿三快些煮饭去!"他的母亲说。

"妈妈!我已经在这儿煮着饭了!"纤英在灶下说。

"好!好!你的父亲现在 T 城,过几天才回来呢!"他的母亲说。

"唉!儿呀!家门真是不幸啊!你的大哥,二哥,——唉,真是没造化!你这次回来好!好!还算你有点孝心!爷娘老了,以后不放心给你出门去了。儿呀,你以后不要再到外头去了。外头的世界现在这么乱,杀人如切葱截蒜!唉!我们的祖宗又没有好风水,怎好到外头去做事呢?儿呀!回来好!回来好!还算你有点孝心;以后只要靠神天保佑,在家吃着素菜稀粥好好地度日便好,再也不要到外头去了!再也不要到外头去了!儿呀!我还忘记问你,这一次四处骚乱,你会受惊么?好!好!回来好!回来好!还算你有点孝心!"他的母亲态度很慈爱的继续说着。她是个长身材,十分瘦削的人。她的额很宽广,眼眶深陷,两颊凹入。表情很慈祥,温蔼,凄寂,渊静。她眉宇间充满着怜悯慈爱,是一个德性十分坚定的老妇人。

"不会的,孩儿这次并不受到什么惊恐。不要心忧吧!孩儿再也不到外面流浪去了!不要心忧吧!"之菲浴着泪光说,他为他的母亲的深沉的痛苦所感动了。

"叔叔啊,还是留在家里的好。妈妈真是受苦太深的啊!"他的二嫂嫂说。

他的二嫂年约二十三四岁的样子,生得很标致。一双灵活的眼睛,一个樱桃的小口,都很足证明她本来是很美丽的。但她这时已是满脸霜气,象褪了色的玫瑰花瓣,象凋谢了的蔷薇,象遭雨的白牡丹,象落地的洋紫荆一样。她是憔悴的,凋黄的,病瘦的;春光已经永远不是她的了。

"知道的,嫂啊!我从此留在家庭中便是了!"他说,凄惶的心魂，遮蔽着他的一切。

　　过了一会，他吃完饭了，走入他自己住的房里去休息。他的妻纤英跟着他进去。

　　纤英是个窈窕多姿，长身玉立的少妇。她的年纪很轻，约莫是二十一二岁的样子。一种贞洁的，天真的，柔媚的，温和的美性蕴藏着在她的微笑，薄怨，娇嗔中。她象野外的幽花，谷里的白鹿。她是天然的，原始的。她不识字，不知"思想"是怎么一回事。但她的情感很丰富，很热烈，很容易感到不满足。她的水汪汪的双眼最易流泪。她的白雪雪的额最易作着蹙纹。她已为他生了一个三岁的女孩。这女孩酷类之菲，秀雅多感，时有哭声，以慰那父亲远离的慈母之凄怀。

　　"婵儿那里去呢?"之菲问。

　　"卖给人家去了!"纤英笑着说。　"你一去两年不回来!唉!——狠心得很!——婵儿到外边玩着去了，她现时会行会走呢!——我以为你从此不再回来了!唉!狠心的哥哥!——唉!妈妈真凄惨哩!她天天在哭儿子，在想儿子。还算你有点天良，现在会回来!——咳!不要生气吧!亲爱的哥哥!你近来愈加消瘦了!你的精神不好么?你有点病么?"她倚在他的怀上，双眼又是含怨又是带着怜爱地望着他。

　　他紧紧地搂抱着她，心头觉得一阵阵的凄痛。他在她的温暖的怀上哭了!

　　"对不住呀!——一切都是我负你们!——"他再也不能说下去了，他无气力地睡下，象一片坠地的林时一样。"我病了!我疲倦!亲爱的纤姊!让我睡觉一会!"他继续说着，双眼合上了。

　　她觉得他好似分外冷淡，而且不高兴的样子，她也哭了。他俩互动拥抱着，哭着，各自洒着各的眼泪!

　　"你不高兴我么?你不理我么?狠心的哥哥!"纤英说。

"不会有的事，我很爱你！"之菲说。

"你形式上是很爱我的，但，你终有点勉强！你的心！唉！我现在知道你和我结婚时候，为什么整天哭泣的缘故了！我现在才听到人家说，你本来不愿意和我结婚，不过很孝顺你的父母，所以不敢忤逆他们的意思才和我做一处。唉！我知道你的心很惨！唉！我想起我的命运真苦啊！唉！哥哥！做人真的无味，我想我不如早些死了，你才可以自由！唉！我惟有一死！哥哥！你在哭么？唉！妹妹是说的良心话，不要生气！唉！你是大学生，我连一个字都不认识，我很知道，这分明是太冤枉你的呀，——但，莫怪妹妹说，你也忒糊涂了，你那时候为什么不反对到底！唉！难道我没有人好嫁！唉！我嫁给别人倒好，不会累你这么伤心！哥哥！你生气么？唉！我是个粗人不会说雅话，你要原谅我啊！……"纤英说，她大有声罪致讨之意。

"亲爱的妹妹！一切都是我对你们不住！唉！原谅我啊！原谅我啊！我的心痛得很啊！"之菲说。他只有认罪，他觉得没有理由可以申诉。他想现在只好沉默，过几天惟有偕着曼曼逃到海角天涯去。不过他觉得很对不住她。在这旧社会制度的压迫下，她终生所惟一希望的便是丈夫。现在他这样对待她，她将怎样生活下去呢？他想照理论，他们这种两方被强迫的结合当然有离婚之必要，但照事实，她和他离婚后，在这种旧社会里面差不多没有生存的可能。他又想这时候正在流亡的他，正叠经丧去两兄，家庭十分凄凉的他，倘若再干起这个离婚的勾当来，不但纤英有自杀的危险，即他年老的父母也有不知作何结束的趋势。他为此凄凉，失望，烦闷，悲哀，恐惧。

"唉！妹妹！我是很爱你的！我的年老的双亲，你一向很殷勤地替我服侍。我所欠缺的为人子之责，你一向替我补偿；我很感激你！很感激你！——唉！离婚的事，断没有的！几年前做的那幕剧，未免太孩子气了，现在我已经做了父亲了，有了女儿了，再也不敢做那些坏勾当了！你相信我罢！相信我罢！我是爱的！"之菲说，他的心在说着这几句假话时痛如刀割。

"你真的是爱我么？那我是错怪你了！"纤英说。

"真的，妹妹！我真的是爱你的！"他说。他骤然地为一阵心脏剧痛病所袭，抽搦着。他紧紧地咬着牙根忍耐着，泪如雨下。

"你为什么老是这样哭的呢？"她问。

"不！我不尝哭！"他答。

"你枕边的席都给你的眼泪流湿了，还说你不尝哭！唉！哥哥！告诉我，你为什么要这样伤心？"她问着。

"呵！呵！……"他再也不能出声了。停了一会，他说：

"我很伤心！我的大哥死了！我的二哥又是死了！现在剩下我一人，我是不能死的了！妹妹！你相相我的样子，不至于短命吧！唉！我恐怕我——唉！妹妹！"

"…………"她默默无言。

"愿天帝给我一个惨死，在爱我的人们从容仙逝之后！但，妹妹！不要悲哀，我是很爱你的！……"他继续地说着，勉强地装出一段笑脸去媚她，吻着她，拥抱着她，竭力去令她高兴。他心中想道：

"唉！你这无罪的羔羊呀！这恶社会逼着我去做你的屠夫！你要力求独立离开我，才有生机；但这在你简直是不可能。我为自拔计，不能和你在黑暗里摸索着度过一生，这是我的很不过意的地方。但，我这一生便长此蹂躏下去，糟蹋下去，实在也是没有什么益你的地方。唉！罢了！这都是社会的罪恶！我需要着革命！革命！革命！唉！无罪的羔羊，怨我也罢，诅咒我也罢，我终是你的朋友，我将永远地立在帮助你的地位，去令你独立！"

一阵阵死的诱惑，象碧磷一样地在他的面前炫耀着！他借着这阵苦闷，昏沉沉睡去！晚上睡觉的时候，他托辞病了，没有和她一块儿睡觉。为的是恐怕对他的情人曼曼不住。

一五

过了几天，之菲的母亲和他在厅上谈话，都是关于他的大哥怎么样死，二哥怎么样死的惨状，复说着，哭着，哭着，复说着。在这种悲酸凄凉的景况中，他眼击慈母心伤的颜色，心念两兄病死的魂影，他的脑象被鬼物袭击，他的眼前觉得一阵昏黑，鼻孔里都是酸辣。他有时三四分钟间失了知觉，如沉入大海一样，如埋入坟墓一样，如投在荒郊一样，虽然，蒙然，昏然，寂然，呆然，待到他忽然的叹口气起来，才渐渐惊觉醒转过来。他发觉他的心象被大石压着，周身麻木，失去他原有的气力。他的无神的双眼象坚实的木头做成的一样只是不动，他的灰白的脸更加罩上一层死光！他擂搦着，震颤着！

当他想起将来怎样结局时，他遍身打着寒噤，面上同幽磷一样青绿。他有两个寡嫂，有大嫂的遗孤媚花，惜花，绣花，撷花，二嫂的遗孤一人，将来都要由他全部供给教养费。他更想起他的父亲来，他的心象被锋利的快斧劈成碎片一样，他的固体般的眼泪，刺眼眶奔出。他的无生气的脸，显现出恐惧，怯懦，羞耻和被凌辱的痕迹来！

他的父亲是永远不会同情他的，他对他好像对待一个异教徒一样。他憎恶他是本能的，性质生成的，他永不容许他的哭诉。他平时糟蹋他的地方，譬如骂他生得太瘦削，没福气，短命相；写字入邪道，做诗入邪道，做文章入邪道，说话入邪道，叹口气也入邪道。他觉得他身上没有一片骨，一滴血，不是他父亲憎恶的材料。他想起这一次的失败，这一次误入邪党的大失败，他父亲给他的同情将是冷嘲，热讽，痛骂，不屑！他震恐，凄惶，满身的血都冷了。他悔恨他这次的回家。

"父亲几时才回来呢?"他咽着泪向他的母亲问,心中一震,脸儿有些青白了。

"他大概今天是要回来的。"他的母亲很慈祥地说。

他给他母亲这句话,吓得再也不敢做声了。他自己觉着骇异,他平时冲锋陷阵的勇气那里去了呢?他的为同辈所崇拜的过人的胆量那里去了呢?正在这个时候,他听见他的父亲的声音在巷上来了。他同他的母亲即时走出门口去迎接他。

"父亲,孩儿回来了!"之菲咽着泪说。他看他的父亲似乎很劳苦的样子,满拟安慰他几句,但恐怖侵蚀他的心灵,他只偷望他一眼,便低下头不敢做声。他这时虽然未尝受到他的叱骂,但他平时的威凛尽足以令他噤住。

他的父亲望着他一眼,冷然地笑了一笑便沉着脸说:

"知道了。"他的声音很雄壮粗重,而且显然含着恶意,令他吓了一跳。

他的父亲名叫沈尊圣,是个六十余岁的老头子。他的眉目间有一段傲兀威猛之气,当他发怒时,紧蹙着双眉,圆睁着两眼,没有人不害怕他的。他很质朴,忠厚,守教,重义,是地方上一个有名的人物。他的性格本来很仁慈,但他的脾气太坏,太易发怒,所以不深知他的人是不容易了解他原来狮子性中却有一段婆心的。他很固执,有偏见。他认为自己这方面是对的,对方面永无道理可说。他的确是个可敬的老人物,他不幸是违背礼教,捣乱风俗社会的之菲的父亲!他是个前清的不第秀才,后来弃儒从商,在 T 县开了一间小店,足以糊口。他这时正从距离这 A 地四十里远的 T 县的店中回到家中来。因为天气太热了,所以他把他的蓝布长衫挂在手臂上。这时他把长衫交给他的老妻收起,叫他的三媳妇给他打一盆水洗面。他洗完面便在厅上的椅中坐下。他望着之菲,只是摇着头,半晌不出声。

之菲的母亲为他这种态度吓了一跳，问着："今天你看见儿子回来，为什么不觉得高兴，好像有点生气的样子？"

"哼！高兴！你的好儿子，干了好事回来！"他的父亲生气地说着，很猛厉地盯着之菲一眼。之菲心上吓了一跳，额上出了一额冷汗。

"到底是怎么一回事呢？"他的母亲很着急地问。

"你问问你的好儿子便知道了！"他的父亲冷然地答，脸上变成金黄色。在他面前的之菲，越觉得无地自容。他遍身搐搦得愈利害，用着剩有的气力把牙齿咬着他的衣裾。

"儿呀，你干了什么一场大事出来呢？你回家几天为什么不告诉娘呢？"他的母亲向着之菲问，眼里满着泪了。

"呢！——……"之菲竭力想向他们申诉，但他那从小便过分被压损的心儿一阵刺痛，再也说不出声来了。

"哼！装成这个狐狸样，闯下滔天大祸来！"他的父亲不稍怜悯他，向他很严厉地叱骂着。便又向他的老妻说：

"你才在梦中呢？你以为你的儿子纪念着我们，回家来看看我们么？他现在是个在逃的闪犯呀！时时刻刻都有人要来拿他，我恐怕他是已经死无葬身之地了！哼！我高兴他回来？我稀罕他回来吗？"他的父亲很不屑的神气说着。

他的母亲骤然为一阵深哀所袭，失声哭着："儿呀！不肖的菲儿呀！"

之菲这时转觉木然，机械地安慰着他的母亲说："孩儿不肖，缓缓改变便是，不要哭罢！"

"第一怨我们的祖宗没有好风水，其次怨我们两老命运不好，才生出这种儿子来！"他父亲再说着。"哼！你真忤逆！"他指着之菲说。"我一向劝你学着孔孟之道。谁知你书越读多越坏了。你在中学时代循规蹈矩，虽然知道你没有多大出息，还不失是个读书人的本色啊！哼！谁知你这没有良心的贼，父亲拼命赚来的钱供给你读大学，你却一步一步地学坏！索隐行怪，堕入邪道！你毕业后家也不回来一次！你的大哥，二哥，死了，你也没有回来看一下！一点兄弟之情都没有！你革命！哼！你革什么命？你的家信封封说你要为党国，为民众谋利益，虽劳弗恤！哼！党国是什么，民众是什么？一派呆子的话头！革命！这是人家骗人的一句话，你便呆头呆脑下死劲的去革起来！现在，党国的利益在那里？民众的利益在那里？只见得你自己革得连命都没有起来了？哼！你这革命家的脸孔我很怕看！你现在回家来，打算做什么呢？"他的父亲越说越愤激，有点恨不得把他即时踢死的样子。

"父亲，你说的话我通明白，一切都是我的错误。我很知罪。我不敢希求你的原谅！我回家来看你们一看，几天内便打算到海外去！"之菲低着头说，不敢望着他的父亲。

"现在 T 县的县长，S 埠的市长听说都是你的朋友，真的么？"他的父亲忽然转过谈话的倾向问着。

"是的，他们都是我的朋友！"之菲答。

"你不可以想方法去迎合他们一点么？人格是假的，你既要干政治的勾当，又要顾住人格，这永远是不行的！你知道么？"他的父亲说，这时颜色稍为和平起来了。

"不可以的！我想是不可以的！我不能干那种勾当，我惟有预备逃走！"之菲说，他这时胆气似乎恢复一些了。

"咳！人家养儿子享福，我们养儿子受气？现在的世界多么坏，渐渐地变成无父无君起来了！刘伯温先生推算真是不错，这时正是'魔王遍地，殃星满天'的时候啊！孔夫子之通不行，天下终无统一之望。从来君子不党，惟小人有党，有党便有了偏私了！哼！你读书？你的书是怎样读法？你真是不通，连这个最普通的道理都不明白！哼！破费了你老子这么多的钱！哼！哼！"他的父亲再发了一回议论，自己觉得无聊，站起来，到外头散步去了。

他的母亲安慰他一阵，无非是劝他听从他父亲的话，慎行修身这一类大道理。他唯唯服从地应着，终于走回自己的房里去。

他的妻正在里面坐着，见他进来冷然地望着他。他不知自己究竟有什么生存的价值，颓然地倒在榻上暗暗地抽咽。他的妻向他发了几句牢骚，悻悻然出去了。他越想越凄怆，竭力地挽着自己的乱发，咬着自己的手指，紧压着自己的胸，去抑制他的悲伤。他打滚着，反侧着，终不能得到片刻的宁静。他开始想着：

"灵魂的被压抑，到底是不是一回要紧的事？牺牲着家庭去革命，到底是不是合理的事？革命这回事真的是不能达到目的么？我们所要谋到的农工利益，民主政权，都只可以向着梦里求之么？现在再学从前的消极，日惟饮酒，干着缓性自杀的勾当不是很好么？服从父母的教训去做个孔教的信徒是不是可能的呢？"

他越想越模糊，越苦恼，觉得无论怎样解决，终有缺陷。他觉得前进固然有许多失意的地方，但后顾更是一团糟！过了一会，他最终的决心终于坚定了。他这样想着：

"惟有不断地前进，才得到生命的真诠！前进！前进！清明地前进也罢，盲目地前进也罢，冲动地前进也罢，本能地前进也罢，意志的被侵害，实在比死的刑罚更重！我的行为便算是错误也罢；我愿这样干便这样干下去，值不得踌躇啊！值不得踌躇啊！你灿烂的霞光，你透出黑夜的曙光，你在藏匿着的太阳之光，你燎原大焚的火光，你令敌人胆怖，令同志们迷恋的绀红之光，燃罢！照耀罢！大胆地放射罢！我这未来的生命，终愿为你的美丽而牺牲！"

一六

由 S 埠开往新加坡的轮船今日下午四时启锚了。这船的名字叫

DK，修约五十丈，广约七八丈，蓝白色；它在一碧无垠的大海中的位置好像一只螳螂在无边的草原上一样。这第三等舱的第三层东北角向舱门口的船板上，横躺着七八个乡下人模样的搭客。

这七八个搭客中有一个剃光头，跣着足，穿着一件破旧的暹绸衫的青年人。他的行李很简单，他连伴侣都没有。——一起躺在那儿的几个粗汉都是他上船后才彼此打招呼认识的，他和他这些新认识的朋友，似乎很能够水乳交融。他们有说有笑，有许多事情彼此互相帮忙，实在分不出尔我来。

"老陈，你这次到唛呐（即新加坡）去，是第一次的，还是以前去过的？"一个在他身边躺着的新朋友向着他问。这新朋友名叫黄大厚，今年约莫二十六七岁，长头发，大脸膛，黄牙齿，两颧阔张，神态纾徐而带着不健康的样子。

"兄弟这一次是第一次到新加坡去的，"他答。

"到坡面还是到州府仔（小埠头）去呢？"黄大厚问，他这时坐起来卷着纸烟在吸，背略驼，态度纾缓，永不会起劲的样子。

"到城面去的，"这剃光头的青年回答，他也因为睡得无聊，坐起来了。他的脸色有一点青白，瘦削的脸孔堆积上惨淡，萧索之气。

"到坡面那条街去？你打算到那里做什么事？"老黄问着，口里吐出一口烟来。那口烟在他面前转了几圈便渐渐消灭了。

"到漆木街××号金店当学徒去！"这剃光头的青年答。他似乎有点难过的样子，但这是初次出门人的常态，他的忠厚的朋友未尝向他起过什么怀疑。

"好极了！好极了！我想你将来一定很有出息！"黄大厚叫着，筋肉弛缓的脸上溢着羡慕的神态。他把他用纸卷的红烟吸得更加出力了。

在他右边躺着的一个大汉名叫姚大任的，这时向着他提醒着："老陈，漆木街××号金店实在很不错。我上一次回唐山时，在那儿打了一对金戒指呢。很不错！很不错！到坡后，你如果不识路，我可以把你带去。"

姚大任一向是在沙捞越做小生意的，他的样子很明敏活泼。年纪约莫二十七八岁，双眼灼灼有光，项短，颏尖。还有筋肉健实，声音尖锐，脸孔赤褐色而壮美的姚治本，年纪轻而好动的姚四，姚六，姚六，都和这光头青年是紧邻一路。谈谈说说，旅途倒不寂寞。

这剃光头，穿破暹绸衫，要到新加坡当学徒的青年，便是 K 大学的毕业生，M 党部的重要职员沈之菲。

之菲自回家后，接到爱人曼曼的信十几封，封封都由他的父亲看完后才交还给他，他俩的关系，家人都大体知道了。他的父亲设尽种种方法，阻止她到他家里去，所以直至他出走这一天，他俩还没有会过一次面。

有一次，她已到之菲的父亲的店中，请他带她到他家中去会之菲一面，他的父亲说：

"他现时在乡的消息需要秘密，你这一去寻他，足以破坏这个秘密。这个秘密给你破坏后，他便无处藏身，即有生命之虞！"

她给他这段理由极充足的议论所驳退，终于没有去见他。过几天他的父亲便回家去，他带去一个极险恶的消息，这消息促他即日重上流亡之路，没有机会去晤他的情人一面。

那天他的父亲回家，他照常的去他面前见见他。他叫了一声"父亲你回来"之后，考察他的神色分外不对，心中吓了一怔！他站立着不敢动，只是偷偷地望着他父亲的脸孔。

"哼！你干的好事，还不快预备逃走么？这是一张上海《申报》，你自己看罢！"他的父亲说着，把手里那张红色的上海《申报》向他身上投去，便恨恨地走开去了。

他提心吊胆地拾起那张《申报》一看。他发见他的名字正列在首要的叛逆分子里面，由 M 党中央党部函 K 政府着令通缉的！他不曾感到失望，也不曾着慌。因为这些事他是早已料定的。他毫不迟疑，在他的母亲的老泪和他的妻的悲嘶中整理着行装，把自己扮成一个农家子，在翌日天尚未亮时便即出走。

他知道这次的局势更加严重了，他不敢再坐火车到 T 埠，他由一个乡村里雇了一只小船一直摇至 S 埠的港口，他不敢上岸。在小船中等到 DK 轮船差不多要开出时，才由小船送他到轮船上去。

他时时刻刻都有被捕获的危险，但他算是很巧妙地避过了。现时在这三等舱中和黄大厚诸人在谈谈闲话，他自己很放心，他知道危险时期已经过了。

他这时候呆呆地在想着：

"象废墟一样，残垒一样，坟墓一样的家庭现在算是逃脱了！恐惧的，搐搦的，悲伤的，被压抑的生活现在算是作一个结束了。鸢飞鱼跃的活泼境界，波奔浪涌的生命，一步一步地在我面前开展了！但，脱去家庭极端的误解便要在社会不容情的压迫下面过活！新加坡！帝因主义者盘踞着的新加坡！资本家私有品的新加坡！反动分子四布稍一不慎即被网获的新加坡！在那里我将怎样生存着？漆木街××号金店，虽说在 H 港未入狱时陈若真说过那店是他的叔父开的，可以一起走到那里去避难。但，现在的情形又不同了，陈若真这次有没有逃来新加坡，这已显然成一问题。便算他逃来新加坡，照现时的局面，他仍然需要到一个秘密的藏匿所，不敢公然在那店里头居住——他也是政府通缉的人物。那，我用什么方法把他寻出来！

"除开他，偌大的新加坡，和我相识的，却是一个都没有！我将怎样生活下去？唉！糟糕！糟糕一大场！

"我的亲爱的曼曼！我的妹妹！我的情人！唉！她这个时候又将怎样呢？我临走时给她那一封信简直是送她上断头台！她这时候定在她家中整日垂泪，定在恨我无情！在欲暮的黄昏，在未曙的晓天，在梦醒的午夜，在月光之下，在银烛之旁，在风雨之夕，在徬徨之歧路！呵！她一定因凄凉而痛哭！她那忧郁病一定要害得更加利害！她的面色将由朱红变为灰白，由灰白变为憔暗。她的红色的嘴唇将变为褪色的玫瑰瓣；她的灵活的双眼将变为流泪的深潭。啊，啊，我真对她不住！我真对她不住！"

他想到这里便忘情地叹了一口气。

"老陈！你在想什么？大丈夫以四海为家，用不着唉声叹气啊！"黄大厚安慰着他说。他露出两行黄牙齿来，向着他手里持着的一个烟盒里面嵌着的镜注视着。

"今天的天气真是太热，令人打汉（忍耐）不住啊！"姚大任说，他这时正赤着膊在扇着风。

姚治本热得鼻孔里只是喘着气说："真的是热得难耐啊！巴突（理应该），现在的天气亦应该热的了！"

据他们两人的报告，新到新加坡的唐客，自朝至暮都要袒着上身；并且每天还要洗五六次身。洗时须用一片木柴或者一条粗绳用力擦着周身的毛孔，令他气出如烟才得安全！他们又说到埠时到人家处坐谈的时候，不能够翘起双足盘坐着，因为这是大避忌的。

之菲觉得很无聊，便举目瞩望同舱的搭客。男的，女的，杂然横陈！有的正在赌钱，有的正在吸鸦片烟，有的正在谈心，有的正在互相诅咒，有的正晕船在吐，有的正吐得太可怜在哭。满舱里污秽，臭湿，杂乱，喧哗，异声频闻，怪态百出。

这种景象由早起到黄昏，由船开出时一直达到目的地，始终未尝变过！

这是船将到埠的前一日，船票听说今天便要受检查的了。候然间空气异常紧张，各人都提心吊胆各把船票紧紧地握在手里。没有船票的都各各被水手们引去藏匿着了。（这是水手们赚钱的一种勾当。无钱买船票的人们拿三数块至十多块钱交给水手们，由水手们设法，引导他们当查票时在各僻静处——如货舱，机器间，伙计房等地方藏匿。听说每次船都有这样的搭客三四百人！）

一会儿便有四五个办房的伙计一路喧呼呐喊，驱逐舱面的搭客一齐起到甲板上面去。最先去的是妇人，其次是小孩，姚四，姚五，姚六，都被他们当作小孩先行捉去！（原来这亦是他们赚钱的一个方法！譬如他们卖五百张半单的小童船票便声报一千张。其余五百张的所谓"半票"统统卖给全价的成人。这样一来他们便可以弄到一笔巨款。但当查票时，点小童的人数不到，他们便不得不到各舱乱拉年轻人去补数！）最后才是成年的男人。这样一来，这个乱子真闹得不小了！

这时甲板上满满的拥挤着几千个裸着上体的搭客。（现在听说西番大人对待中国人已算是好到极点了！男人光裸上体，不用裸出下体！女人们连上体都不用裸出。二十年前，据说男女都要全身一丝不挂给他们检验呢！）那些祖露着的上体，有些是赤褐色的，有些是白润的。有些是炭黑的，有些是颓黄的，有些很肥，有些很瘦，一团团的肉在拥挤着，在颤动着，在左右摇摆着，象一队刮去毛的猪，象一队屠后挂在铁钩上的羊，象春秋两祭摆在孔圣龛前的牛，在日光照射之下炫耀着，返光回照，气象万千！

过了一会，人人垂头丧气走到查票员柜前给他欣赏一下！（不！他们看得太多，确有点厌倦了！还算洋大人的毅力好！）走前几步给新加坡土人用那枝长不到半尺的铅笔在胸部刺了一下便放过了。足足要经过四个钟头，才把这场滑稽剧演完！

忠厚的黄大厚真有些忍耐不住了，他眼里夹着一点眼泪说："在家日日好，出外朝朝难！唉！唉！……"

在他前后左右的搭客听着他这句说话，也有点头称是的；也有盯着他一眼，以他为大可以不必的！

经过这场滑稽剧之后，再过一夜便安然抵埠。稽查行李的新加坡土人虽有点太凶狠，但因为他们用钱可以买情的缘故，也算容易对付。第一次出洋的之菲，便亦安然地达到目的地了。

一七

这是晚上了，皇家山脚的潮安栈二楼前面第七号房，之菲独自一个人在坐着，同来的黄大厚诸人都到街上游散去，他们明早一早便要搭船到沙捞越去。室里电灯非常光亮，枕头白雪雪的冷映着漾影的帐纹。壁上挂着一幅西洋画的镜屏，画的是椰边残照，漆黑的"吉宁人"正在修理着码头。一阵阵暖风从门隙吹进来，令他头痛。他忆起姚大任，姚治本的说话来，心中非常担忧，忙把他的上衣脱去，同时他对于洗身之说也很服膺，在几个钟头间他居然洗了几次身，每次都把他的皮肤擦得有些红肿。

这次的变装，收着绝大的功效！听说这 DK 船中的几十个西装少年都给"辟麒麟"扣留，——因为有了赤化的嫌疑！

"哎哟！真寂寞！"他对着灯光画片凝望了一会便这样叹了一声，伸直两脚在有弹性的榻上睡下去了。在这举目无亲的新加坡岛上，在这革命干得完全失败的过程中，在这全国通缉，室家不容的穷途里，曾在那海船的甲板上藏着身，又在这客舍与那十字街头藏着身的他，这时只有觉得失望，昏暗，幽沉，悲伤，寂寞。全社会都是反对他的，他所有的惟有一个不健全的和达不到的希望。

过了一会，忽然下着一阵急雨，打瓦有声。他想起他的年老的父母亲，想起他的被摈弃的妻，想起他的情人。他忽而凄凉，忽而觉得微笑，忽而觉得酸辛，忽而觉得甜蜜了。他已经有点发狂的状态了！最后，他为安息他的魂梦起见，便把他全部思潮和情绪集中在曼曼身上来。他想起初恋的时候的迷醉，在月明下初次互相拥抱的心颤血沸！……

"曼曼！曼曼！亲爱的妹妹！亲爱的妹妹！"他暗暗地念了几声。

"唉！要是你这个时候能够在我的怀抱里啊！——"他叹着。

楼外的雨声潺潺，他心里的哀念种种。百不成眠的他，只得坐起，抽出信纸写着给她的信。

最亲爱的曼妹：

谁知在这凄黄的灯光下，敲瓦的雨声中，伴着我的只有自己的孤零零的影啊！为着革命的缘故，我把我的名誉，地位，家庭，都一步一步地牺牲了！我把我的热心，毅力，勇敢，坚贞，傲兀，不屈，换得全社会的冷嘲，热讽，攻击，倾陷，谋害！我所希望的革命，现在全部失败，昏黑，迷离，惨杀，恐怖！我的家庭所能给我的安慰：误解，诬蔑，毒骂，诅咒，压迫！我现在所有的成绩：失望，灰心，颓废，堕落，癫狂！唉！亲爱的曼妹！我惟一的安慰，我的力的发动机，我的精神的兴奋剂，我的黑暗里的月亮，我的渴望着的太阳光！你将怎样的鞭策我？怎样的鼓励我？怎样的减少我的悲哀？怎样的指导我前进的途径？

啊！可恨！恐怖的势力终使我重上流亡之路，终使我们两人不得相见，终夺去我们的欢乐，使我们在过着这种凄恻的生活！

同乡的L和B听说统被他们枪毙了！这次在C城死难者据说确数在千人以上！啊！好个空前未有的浩劫！比专制皇帝凶狠十倍，比军阀凶狠百倍，比帝国主义者凶狠千倍的所谓"忠实的同志们"啊，我佩服你们的手段真高明！

亲爱的妹妹！不要悲哀罢，不要退缩罢。我们想起这千百个为民众而死的烈士，我们的血在沸着，涌着，跳着！我们的眼睛里满逆着滚热的泪！我们的心坎上横着爆裂的怒气！颓唐么？灰心么？不！不！这时候我们更加要努力！更加不得不努力！

他们已经为我们各方面布置着死路。惟有冲锋前进，才是我们的生路！我们要睁开着我们的眼睛，高喊着我们的口号，磨利着我们的武器，叱咤喑呜，兼程前进，饮血而死！饮血而死终胜似为奴一生啊！

亲爱的妹妹，不要悲哀罢，不要退缩罢。只有高歌前进，只有凌厉无前，跳跃着，叫号着，进攻的永远地不妥协，永远地不灰心！才是这飙风暴雨的时代中的人物所应有的态度！

祝你

努力　　　　　　你的爱友之菲　　月　　日

他写完后，读过一遍，把激烈的字句改了好几处，才把它用信封封着，预备明天寄去。

这时候，他觉得通体舒适，把半天的抑郁减去大半。他开始觉得疲倦，朦胧地睡着。过了一忽，他已睡得很沉酣。他骤觉得一身快适轻软，原来却是睡在曼曼怀上。她的手在抚着他的头发，在抚着他的作痛的心，她的玫瑰花床一样的酥胸在震颤着，她的急促的呼息可以听闻。

"妹妹！你那儿来的！"他向她耳边问着，声音喜得在颤动着。

咳！狠心的哥哥啊！你不知道我一天没有见你要多么难过！你，你，你便这样地独自个人逃走，遗下我孤零零地在危险不过的 T 县中。你好狠心啊！我的母亲日日在逼我去和那已经和我决绝的未婚夫完婚，我整日只是哭，只是反对，只是在想着你！

"咳！——你那封临走给我的信，我读后发昏过两个钟头。我的妈妈来叫我去吃饭，我也不去吃了！我只是哭！我谅解你的苦衷，我同时却恨你的无情。你不能为你的爱情冒点危险么？你不能到 T 县去带我一同逃走么？咳！——狠心的你！——狠——心——的你！你以为你现在已经逃去我的纠缠么？出你意料之外的，你想不到现在还在我的怀里！哼！可恨的你，寡情的你！呃！呃！呃！"她说完后便幽幽地哭了。

他一阵阵心痛，正待分辩，猛地里见枕上的曼曼满身是血，头已不见了！这一吓把他吓醒起来，遍身都是冷汗！

他追寻梦境，觉得心惊脉颤！他悔恨他这次逃走，为什么不冒险到 T 县去带她一路逃走！"咳！万一她——唉！该死的我！该死的我！"他自语着。

雨依旧在下着，灯光依然炫耀着，雪白的枕头依旧映着漾影的帐纹！夜景的寂寞，增加他生命里的悲酸！

一八

之菲晨起，立在楼前眺望，横在他的面前的是一条与海相通的河沟，水作深黑色，时有腥臭的气味。河面满塞着大小船只，船上直立着许多吉宁人和中国人。河的对面是个热闹的"巴萨"巴萨的四周都是热闹的市街。西向望去，远远地有座高冈，冈上林木翁郁，秀色可餐。

他呆立了一会，回到房中穿着一套乡下人最时髦的服装，白仁布衫，黑遏绸裤，踏着一双海军鞋——这双鞋本来是他在 C 城时惟一的皮鞋，后来穿破了，经不起雨水的渗透，他便去买一双树胶鞋套套上，从此这双鞋便成水旱两路的英雄，晴天雨天都由它亲自出征。在这新加坡炎蒸的街上，树胶有着地欲融之意，他仍然穿着这双身经百战，瘢痕满面的黑树胶套的水鞋。他自己觉得有趣便戏呼它做海军鞋——依照姚大任告诉他的方向走向漆木街××号金店去。

街上满塞着电车，汽车，"猡厘"，牛车，马车，人力车。他想如果好好地把它平均分配起来，每人当各有私家车一辆；但照现在这种局面看起来，袋中不见得有什么金属物和任何纸币的他，大概终无坐车之望。这在他倒不见得有什么伤心，因为坐车不坐车这有什么要紧，他横竖有着两只能走的足。一步一步地踱着，漆木街××金店终于在他的面前了。

金店面前，吊椅上坐着一个守门的印度人。那人身躯高大，胡子甚多，态度极倨傲，极自得。店里头，中间留着约莫三尺宽的一片面积作为行人路，两旁摆着十几只灰黑色的床，床上各放着一盏豆油灯，床旁各各坐着一个制造金器的工人，一个个很专心做工，同时都表显着一种身分很高的样子。之菲迟疑了一会，把要说的话头预备好了便走进店里去。

"先生，陈若真先生有没有住在贵店这儿？"他向着左边第一张床的工人问着。

"我不晓得那一个是陈若真先生！"那工人傲然地答，望也不望他一眼。

之菲心中冷了一大截，他想观在真是糟糕了！

"大概还可以向他再问一问吧，或许还有些希望。"他想着。

"先生，兄弟不是个坏人，兄弟是若真先生的好朋友。在 H 港时他向兄弟说，他到新加坡后即来住贵店的，他并约兄弟来新加坡时可以来这儿找他的啊！"之菲说，极力把他的声音说得非常低细，态度表示得非常拘谨。

"我不识得他就是不识得他，难道你多说几句话我便和他认识起来吗？"工人说，他有些发怒了。这工人极肥胖，声音很是浊而重，面上没有什么特别的地方，不过鼻头有点红。

之菲忍着气不敢出声。他想现在只求能够探出若真的消息出来便好，闲气是不能管的。他再踏进几步向着坐在柜头的掌柜先生问："先生，请问陈若真先生住在贵店吗？兄弟是特地来这里拜候他的！"

掌柜是个长身材，白净面皮，好性情的人。他望着他一眼，很不在意似地只是和别个伙计谈话。过了一会，他很不经意地向着他说："在你面前站着的那位，便是陈若真的叔父，你要问问他，便可以知道一切了。"

站在之菲面前所谓陈若真的叔父，是个矮身材，高鼻，深目，穿着一套铜钮的白仁布西装，足登一对布底鞋，老板模样的人。他显然有些不高兴，但已来不及否认他和若真的关系了。他很细心地把之菲考察了一会便说：

"你先生尊姓大名啊？"

"不敢当！兄弟姓沈名之菲。兄弟和若真先生是很好的朋友，我们在C城是一处在干着事的。兄弟和他在H港离别时，他说他一定到新加坡来！并约兄弟到新加坡时可以来这儿找他。兄弟昨日初到，现住潮安栈，这里的情形十分不熟悉，故此一定非找到陈先生帮忙不可的。"之菲答。

"呵，呵，很不凑巧！他前日才在唐山写了一封信来呢。他现在大概还在故乡哩。"若真的叔父说。"你住在潮安栈么？我这一两天如果得空暇，便到你那边坐坐去。现在要对不住了，我刚有一件事要做，要出街去。请了！请了！对不住！对不住！"他说罢向他点着头，不慌不忙地坐着人力车出去了。

"糟糕！糟糕—大场！完了！干吗？哼！"之菲昏沉沉地走出金店，不禁这么想着。

街上的电车，汽车，马车，牛车，"猡厘"，人力车，依旧是翻着，滚着。他眼前一阵一阵发黑，拖着倦了的脚步，不知道在这儿将怎样生活下去，不知道要是离开这儿又将到哪儿去，到哪儿去又将怎样生活下去。

"玄之又玄，众妙之门，这时需要点玄学了，哼！"他自己嘲笑着自己地走回潮安栈去。

黄大厚诸人已到沙捞越去。他独自个人坐在七号房中，故意把门关住，把电灯扭亮，在一种隔绝的，感伤的，消沉的，凄怨的，失望的复杂情绪中，他现出一阵苦笑来。

"生活从此却渐渐美丽了！这样流浪，这样流浪多么有文学的趣味！现在尚余七八块钱的旅费，每天在这客栈连食饭开销一元五角。

五天：五元，五五二块五，七元五角。索性就在这儿再住五天。以后么？他妈的！'人上一只鸟，地下一条虫！''君看长安道，忽有饿死官！'以后吗？发财不敢必，饿死总是不会的！玄学，玄学，在这个地方科学不能解决的，只好待玄学来解决了！——不过，玄学不玄学，我总要解决我的吃饭问题。今天的报纸不是登载着许多处学校要聘请教员吗？教国语的，教音乐的，教体操，图画的，教国文的，无论那一科都是需要人才。索性破费几角银邮费，凡要请教员的地方，都写一封信去自荐。在这儿教书的用不着中小学毕业，难道大学毕业的我不能这这里的教育界混混么？好的！好的！这一定是个很好的办法！不过这儿的党部统统勾结当地政府，他们拿获同志的本事真高强。现在 K 国府明令海内外通缉的我，关于这一层倒要注意。教书大概是不怕的，我可以改名易姓，暂时混混几个月。等到给人家识破时，设法逃走，未为晚也。名字要做个绝对无危险性的才好。——'孙好古'，好，我的姓名便叫作孙好古吧！'好古'两字好极了，可以表示出一位纯儒的身分来！但'孙'字仍有些不妥！孙中山大革命领袖是姓孙的，我这小猢狲也姓孙起来不是有点革命党人的嫌疑吗？不如姓黄吧！但姓黄的有了黄兴，也是不妥，也是不妥！唉！在这林林总总的人群中，百无成就的我，索性姓'林'起来吧。好！姓林好！我的姓名便叫林好古！

"退一步说，假如教书不成功，我便怎样办呢？呵，呵，可以卖文。今天《国民日报》的学艺栏中分明登载着征文小启，每千字一元至二元。好，不能教书，便卖文也是一个好办法。卖文好！卖文好！卖文比较的自由！"他越想越觉得有把握，不禁乐起来了。只是过了一会，他想起这些征求教员和征文的话头都是骗人的勾当，他不禁又是消沉下去。这儿的情形他是知道一点的，虽然从前并未来过。教员是物色定了，才在报端上虚张声势去瞎征求一番，这已是新加坡华人教育界的习惯法了。大概这用不着怀疑，教书这一层他是可以用不着希望的。卖文呢，那更糟糕了，便退一百步说，征文的内幕都是透亮的，他的文章中选了，但卖文的习惯法，大约是要到明年这个时候才拿得到稿费的。仅有五天旅费的他，要待到那个时候去拿稿费，连骨头都朽了！

他再想其次，到店里头当小伙计去吧。中英文俱通，干才也还可以，大概每月十元或二十元的月薪是可以办到的。但，这也是废话，没有人相识，那个人要他？到街上拉车去吧，这事倒有趣。但对于拉车的艺术，一时又学不到，而且各种手续又不知怎样进行。

"完了！完了！糟糕！糟糕一场！"他叹息着，呆呆地望着灯光出神。

一九

——深黑幽沉的夜，

深黑幽沉的土人，

在十字街头茂密的树下，

现出一段黑的神秘的光，

黑夜般的新加坡岛上的土人啊！

你们夏夜般幽静的神态，

晓风梳长林般安闲的步趋，

恍惚间令我把你们误认作神话里的人物！

在你们深潭般的眼睛里闪耀着的，

是深不可测的神秘！

家国么？社会么？

你们老早已经遗弃着了。

人类中智慧的先觉啊，

你袒胸跣足的土人！

宇宙间神秘的结晶啊，

你闪着星光的黑夜!

时候已是盛夏六月了,之菲来新加坡已是十几天了。他在潮安栈住了两天,即由若真的叔父——他的名字叫陈松寿,之菲和他晤面几次后才知道的——介绍他到海山街 X 公馆去住。住宿可以揩油免费,他所余的几块钱旅费,每天吃几碗番薯粥过日,倒也觉得清闲自在。

这晚,他独自个人在这街头蹀来蹀去。大腹的商人,高鼻的西洋人,他在 C 城看惯了,倒不觉得有什么值得注意的地方。最令他觉得有浓厚的趣味的是那些新加坡土人,他们一个个都是黑脸腔,黑发毛,红嘴唇,雪白的牙齿,时时在伸卷着的红舌,有颜色的围巾,白色——这色最圣洁,它色也有——的披巾。行路时飘飘然,翔翔然,眼望星月,耳听号风,大有仙意。在灯光凄暗,夜色幽沉的十字街头,椰树荫成一团漆黑,星眼暗窥着紧闭着的云幕,披发跣足的土人幽幽地来往,令他十分感动。他沉默地徘徊了一会,便吟成上面那首新诗。

过了不到五分钟,他又觉得无聊。他想起这班羔羊被吞噬着,被压迫着的苦楚,又不禁在替他们可怜了!

他们过的差不多是一种原人生活,倦了便在柔茸的草原上睡,热了便在茂密的树荫下纳凉,渴了便饮着河水,饥了便有各种土产供他们食饱。他们乐天安命,绝少苦恼,本来真是值得羡慕的。但,狠心的帝国主义者,用强力占据这片乐上,用海陆军的力量,极力镇压着他们背叛的心理。把他们的草原,建筑洋楼;把他们的树荫,开办工厂;把他们的生产品收买;把他们一切生死的权限操纵。

他们的善良的灵魂怎抵挡得帝国主义的大炮巨舰!他们的和平的乐园怎抵挡得虎狼纵横占据!唉!可怜的新加坡土人,他们的好梦未醒,而昔日的神仙似的生活,现在已变成镣枷满身的奴隶人了!

过了一会,他很疲倦,便走回他的寓所去了。

这寓所是个公馆。地位是在一座大洋楼的二层楼向街的一个房中。馆内有几种赌具——荷兰牌，扑克，麻雀牌。赌徒每晚光降的时常都在七八人以上。馆的"头佬"是个胖子，姓吴名大发，说话很漂亮，神情有点象戏台上的小丑，年约三十岁的左右，在洋行办事，兼替华人商家把货名译成英文送关（华商办进出口货，必需列货单呈海关纳税，单上货名统要由中国名译成英文）。据他自己说，他每月有五百元进款。他不过在英文夜校读过九个月的英文，他常为他自己的过人的聪明和异样的程度所惊异，他时不时这样说：

"哼！不是我夸口，我的 English（英文）的程度，在这新加坡读'九号'英文毕业的也赶我不上！哼！他们只管读英文的诗歌小说，和学习什么做文章，还有什么用处？new words（生字）最要紧！一切货物名字的各个 new words 能够记得起，才算本事！才能赚到人家的钱呢！"

照他的意思，读英文的，除记起货物的名字的生字外，更无其它法门。关于做人的办法，他亦觉得很简单。他时常说：

"中国人不可不学习英文！学习英文不可不记起 new words，把 new words 记得多了，不可不替洋人办事！"

他很快乐，他觉得他所有的行动和说话，完全是再对没有的。他是这公馆中的领袖，一切银钱大计，嫖赌机宜，有什么纠纷时，都要听他解决。每每一语破的，众难皆息！

他很少来公馆，大约是几天来过一次的。他对之菲——他们叫他做林好古——很客气，不过也不太高兴搭理他。他和松寿有点交情，松寿把他介绍给他。他算是之菲的恩主。他时常蹙着额对着之菲说：

"好古先生，不是兄弟看不起你们这班大学生，但你们这班大学生只晓得读死书，不晓得做活事，这真有点不可以为训！哼！你在大学时如果留心记着 new words，现在来到新加坡不愁没饭吃了！"

对着一切事件他未尝和人家讨论过，便下着结论。因为他说的话，总是对的！

他有一个表弟名叫陈为利的，年纪很轻，身材很小，脸孔有点象猫头鹰的，白天总在这儿学习英文。他对他很满意，很赞赏。因为他很是能够记起生存的。他自朝至暮不做别的工作，都在把他的表兄钦赠给他的几张华英对照的货物单练习着，练习着。什么鸡蛋=egg，碎米=broken rice，麦粉=flour，鱼=fish……这一类的生字，镇日地写着，念着。据说这几张货物单，新加坡岛上没有第二人能够比得上吴大发填写这样精密！

赌徒而且每晚都和之菲一处在楼板上睡觉的，有三人。第一位名叫林大爷，洋行伙计，年约四十，矮肥精悍，鼻低，额微凸，口小。此人在赌徒中，最慷慨，最骄傲，嗜嫖若命！第二位名叫蔡老师（不知道前清是否有点功名，人人都称他做老师），年约三十余，秀雅温存，鼻特别大些，眼很灵活，行路时背有点驼。此人比较谨慎，拘滞，谦下，嗜嫖若命！第三位名叫程阿顺，洋行伙计，现已失业。他完全是个不顾生命的嫖客。年纪三十左右，样子漂亮，可惜嘴唇太突，眼睛太小。他为嫖而牺牲他的位置，为嫖而牺牲他的健康，但他现在仍积极地在嫖着。他的那个最要好的妓女象一只腊鸭一样，时常到×公馆来和他吊膀子，真是令人一见发呕。此时有时来住有时不来住的赌客还有几位。第一个有趣的名叫陈大鼻，此人年约四十，面色灰白，腰曲，说话时上气接不得下气。有时一句话他只说一两个字，以下的他便忘记说下去。还有名叫"田鸡"的，行动时酷似田鸡。名叫"九筒子"的，是个麻子。

这班人除程阿顺日里也在馆里高卧不起外，余的概在黄昏六七时以后才来馆里集齐。由六七时赌起，赌到十一时左右便散会。散会后便一齐到妓馆去，一直到深夜两三时才回来，这是他们的日常功课。

之菲便在这群人中间混杂着生活下去。这真有点不类，有时他自己真觉得有点惊异，但大体上他也觉得没有好大的不安。

这晚，他拖着倦步回来，他们正在赌着荷兰牌。他们并不问讯他一声，由他自来自去。关于这点，他觉得多少方便，因为彼此可以省些多少不安的情绪。

他们心目中的"林好古"，是个从乡村新出来谋生活的后生小子，是个可供驱使的杂役。他们有时叫他去为他们买香烟，泡"沽俾牛乳"，这后生小子都是很殷勤地应声而往。

程阿顺的"老契"那象腊鸭般的妓女也很看不起他。她日日来公馆和程阿顺大嬲特嬲，但来尝向他说一句话。她向他说话时只是说："去！去！替我买－包白点烟来！"

这真有点令他觉得太难堪了！

但，在过着逃亡生活的他，只得在这个藏污纳垢的场中生活下去！

<h2 style="text-align:center">二○</h2>

漆木街××金店里的伙计名叫陈仰山的，这两天时时到公馆里来访他。他已经得到陈松寿的同意，把陈若真住在那里的消息报告给他。

这晚，大约是七时前后，他到公馆来带之菲一道探陈若真去。他年约二十七八岁，带着几分女性，说话时声音柔而细。态度很拘谨，镇定。普通人的身材，鼻端有几点斑点，眼睛不光亮，口很美，笑时象女人一样。这人，政治上的见解很明了，他同情于 W 地的政府而攻击 N 地的政府为反革命派。但他没有胆量，所以他不敢有所表示。

经过了十分钟的电车，四五十分钟的"箩厘"，初时只见电灯照耀着的市街一列一列地向后走，继之便是两旁的草原不断地溃退。最后开始看见周围幽郁的高林浴着冷月寒星之光，海浪般的向后面追逐。在万树葱茏，幽香发自树叶的山冈马路上，他们在那宽可容五六人的小电车"猡厘"车内喊着一声"Glax!",那车便停住一会,给他们下车,便即由那始终站在"猡厘"后面的 boy 喊一声"Goo wit!"那车照旧如飞地奔驶去了。

这是新加坡"顶山"第四块"石"的地方。他们下车后,仰山便幽幽地向着之菲说:

"这里的路很难行,我在前面走着,你跟在后面,要留心些!"

说着,他便走进丝林去,之菲紧紧地跟在他的后面。丛林里山坡高下,细草柔茸,月光窥进茂密的树荫下,有些照得到的地方,十分闪亮,有些照不到的地方,仍然浓黑可怖。他们踏着一条屡经人们躁躏,单不能生的宽不到半尺的小径曲折前进。不一会,一座荒广的园便横在他们的画前了。

这园完全在乳白色的月光中浸浴着。幽静的,优雅的,清深的,隐闭着的景况,正如画景一样。它象陶渊明所赞美的桃花源一样地遗世脱俗,它象柳子厚所描写的游记一样地幽邃峭怆。这园外用木片钉成一门,这时已是锁着。园内有一株魁梧的大树,枝干四蔽,小树浅草,更是随地点缀。距离园门不到五十步远,隐隐间可以看见灯光闪闪,屋瓦朦胧。仰山望着之菲说:"这儿是一个朋友的住家,若真先生是暂时在这儿借宿的。"

他幽幽地敲着门,用平匀的声音叫着:"七嫂——七嫂——七嫂——! 来开门——来开门——来开门——!"

差不多叫了几十声,才听见内面一个妇人的声音答应一声,"来!"倏时间便见一个三十余岁的妇人,幽幽地走到门边来,她一面和仰山说话,一面把门开了。仰山向着之菲说:"你在这儿少等一忽。"

说着他便和那妇人进去了。

之菲独自个人站在园门外,看着这满目蔚蓝的景色,听着一两声无力的虫声,想象着片刻间便可晤见同在患难中的若真的情境,觉得更是有趣。

"流亡！流亡！有意义的流亡！满着诗趣的流亡！"他对着在地的短短的人影摇着头赞叹着。这时他忽又想起曼曼来。他觉得唇上一阵阵灼热，胸次一阵阵痒痛，心中一阵阵难过。

"要是曼曼这时在我的怀上啊！——唉！"他自语着对这地上冷清清的，短短的人影，又禁不得可怜起来了。

"之菲哥，进来啊！"陈若真巅巍巍地站在树荫下声唤着。

他脸儿尚余红热，从沉思之海醒回地走进园去，和他握手。这一握手，表示着无限感慨，无限亲热。陈若真叫那仰山到房里冲两杯牛乳去。他们两人便坐在树干上谈着，谈着。

陈若真说："之菲哥！自从在 H 港你被捕入狱之后，我们都分头逃走！我于翌日即搭船来新加坡，他们——那些所谓忠实分子！——已经知道这个消息，买嘱当地政府拿我！我已经先有戒备，用钱买通船里的'大伙'，到岸时给我藏匿起来。等到他们扑了一个空回去，我才逃走！"说到这里，他探首四望，见无动静，便又说下去："咳！我到此地时，一点子活动都不可能！这里的同志被驱逐出境的有三百余人，秘密机团大多数被破获！我现时不敢住在这里，我藏匿着在离开这里尚有一日路程的×埠。在那儿我假做一个营业失败的商人，日日和那边的人们干些赌钱和饮酒的勾当，竭力地掩饰我的行为。现在我穷得要命，一筹莫展，真是糟糕啊！"他说完时，表示出非常懊丧的样子。

这时，仰山已把牛乳拿来，他们每人饮干一杯，暂时休息着。

这时，一片浓云遮着月光，大地上顿形黑暗。但在这黑暗里，仍然模糊地可以看见他俩的形象。陈若真的高大的身躯，并不因忧患减去他的魁梧；沈之菲的清瘦的面庞，却着实因流亡增加几分苍老。

他们间象有许多话要说，一时间却又说不得许多来。

"你的嫂夫人呢？"之菲问。

"她已从 H 港回家去了！"若真答。

"曼曼呢?"他随着问。

"她现在大概是在家中哩!"之菲答。

"我们到房里坐坐去吧!"若真说,他挽着之菲的手,同仰山一路走到他的房里去。

他的卧房,离这株大树尚有数十步远。房为木板钉成,陈设颇简陋。一床一榻之外,别无长物。房隔壁是一座大厅,鸭声呷,呷,呷地叫着。这园的主人大概是畜鸭的吧。

若真大概是已经给几个月来的险恶的现象吓昏了,他的神经的确有些变态,只要窗外有几片落叶声,或者是蛇爬声,或者是犬吠声,足声,都要使他停了十几分钟不敢说话,面上变色。他必须叫仰山到室外考察一会,见无什么不幸的事的痕迹发生,他才敢说下去。

"我们设法到槟榔屿极乐寺做和尚去吧!"他很诚恳地向着之菲说。"现在的局面这么坏,人心这么险恶,我辈已是失去奋斗的根据地。最好还是能够做一年半载和尚,安静安静一下!"

之菲对他的学说极赞成,但结论是无钱的不能做和尚,更不能做极乐寺的和尚。只好把这个念头打消了。

关于之菲混杂着在海山街×公馆这一点,陈若真极为担心。他说那里人品复杂,包探出入其间,他时时刻刻有被捕获的危险。最后的结论,他写一封信介绍他到十八溪曲×号酒店去住宿和借些零用钱去。据他说,这店里的老板和他是个生死之交,去寻他投宿,是十二分有把握的。

他们再谈论了一会,大约晚上十时左右,之菲便辞别他独自个人回去。在山冈的马路上,两旁都是黑森森的茂林,时不时有几声狗吠。他踏着他那短短的影,很傲岸地,很冷寂地,很忧郁地,很奇特地在行着。关于现在这种情形是苦痛还是快乐,是有意义还是不值一文钱,他不能够知道,他也不想知道。他只是象一片木头,一块顽石,很机械地在生活着。他失去他的锐敏的感觉,他失去他的丰富的想象，他失去他的优美的情绪。

他决意不再思想，不再追逐什么，不再把美丽的希望来欺骗他自己。

"生活便是生活。生活有意义也好，无意义也好，但，生活下去吧！革命是什么东西，说他坏也可以，说他不坏也未尝不可以。到不得不革命时，便革命下去吧！

"咳！你这可鄙的亡命之徒！咳！你这可赞颂的亡命之徒！"他在辽远的道路上，对着他自己的人影叹息着。……

<h2 style="text-align:center">二一</h2>

这日清晨，太阳光如女人的笑脸似的，夸耀着的，把它的光线放射着在向阳的街上。它照过了高高的灰色的屋顶，照着各商号的高挂着的招牌，照着此处彼处的发光的茂密的树，它把一种新鲜的，活泼的，美丽的，有生命的气象给与全新加坡的灰色的市上。

之菲也和一般人一样，在这恩眷的，慈惠的日光下生活；但他的袋里已经没有一文钱。对于商人的豪情，慷慨，布施的各种幻象，在他的脑上早已经消灭。

但，因为若真这封介绍信的缘故，他自己以为或许也有相当的希望。他把他平日的骄傲的，看不起商人的感情稍为压制一下。

"商人大概是诚实的，拘谨的，良善的俗人，我们只要有方法对待他们，大概是不会遭拒绝的吧。我们在他们的面前先要混账巴结一场，其次说及我们现在的身分之高，不过偶然地，暂时地手上不充裕，最后和他们约定限期加倍利息算还，这样大概是不遭拒绝的吧！"

他这样想着，暂时为他这种或然的结论所鼓舞着。他从公馆里走到街上，一直地走向那商店的所在地去。他忽然感到耻辱，他觉得这无异向商家乞怜。他想起商家的种种丑态和种种卑污龌龊的行动来。他们一例的都是向有钱有势的混账巴结，向无钱无势的尽量糟蹋。他有点脸红耳热。心跳也急起来了。

"是的，自己'热热的脸皮，不能去衬人家冷冷的屁股！'我不能忍受这种耻辱！我不能向这班人乞怜！"他自己向着自己说，一种愤恨的心理使他转头行了几步。眼睛里火一般的燃烧着。跟着第二种推想开始地又在他脑里闪现。

"少年气盛，这也有点不对。既有这封介绍信，我便应该去尝试一下。该老板既和革命家陈若真是个生死之交，也说不定是个轻财重义的家伙，应该尝试去吧。少年气盛，这有时也很害事的。"

大概是因为囊空如洗，袋里不名一文的缘故。他自己推想的结果，还是踏着不愿意踏的脚步，缓缓地走向那商店的所在地去。

十八溪曲的×店距离海山街不到两里路的光景。借问了几个路人，把方向弄清楚，片刻间他便发现他自己是站在这×店门前了。经过了一瞬间的踌躇，他终于自己鼓励着自己地走进去。

这店是朝南向溪的一间酒店，面积两丈宽广，四丈来深。两壁挂着许多的酒樽。店里的一个小伙计这时一眼看见之菲，便很注意地用眼盯住他。

"什么事？先生！"那伙计向着他说，他是个营养不良，青白色脸的中年人。

"找这里的老板坐谈的，我这里有一封信递给他。"之菲低气柔声说，他即刻便有一种被凌辱的预感。

这伙计把他手里的信拿过去递给坐在柜头的胖子。那胖子把信撕开，读了一会便望着之菲说："你便是林好古先生么？"

"不敢当，兄弟便是林好古。"之菲答。他看见他那种倨傲无礼的态度，心中有些发怒了。

"请坐！请坐！"他下意识似地望也不望他地喊着。他的近视的眼，无表情而呆板，滞涩的脸全部埋在信里面。他象入定，他象把信里的每一个字用算盘在算它的重量和所包涵的意义。

之菲觉得有无限的愤怒和耻辱了，他觉得自己的地位完全是站在一种被审判的地位。

经过了一个很长久的时间，那肥胖的，臃肿的，全无表情的，陈若真的生死之交的那老板用着滞重的，冷酷的，嘶哑的声音说："林先生，好！好！很好！请你过几天得空时前来指教，指教吧！"

"好！好！"之菲说。这时候，他全不觉得愤怒，倒觉得有点滑稽了。"那封信请你拿过来吧！"

那商人便把那封信得赦似地递还给他。

他把信拿过手来，连头也不点一点地便走出去。那封信是这样写着：

> 竹圃我兄有道：半载阔别，梦想为劳！弟自归国，叠遭厄境。现决闭户忏悔，不问世事矣。
>
> 林兄好古，弟之挚友，因不堪故国变乱，决不南洋，特函介绍，希我兄妥为接待。另渠此次出游，资斧缺乏，一切零用及食宿各项，统望推爱，妥为安置。所费若干，希函示知，弟自当从速筹还也。辱在知己，故敢以此相托。我兄素日慷慨，想不至靳此区区也。余不尽，专此敬请道安。　　弟陈若真上。

他冷笑着，把这封信撕成碎片，掷入街上的水沟里去。

"糟糕！糟糕！上当！上当！出了一场丑，惹了一场没趣。今早还是不来好！还是不来好！现在腹中又饿，——唉！过流亡的生活真是不容易！"

袋中依旧没有钱，腹中的生理作用并不因此停止。他一急，眼前一阵阵黑！陈松寿方面，他前日写了一封信给他，和他借钱，他连答复都没有。陈若真方面，他自己说他穷得要命，怎好向他要钱。

这慷慨的竹圃先生方面，啊！那便是死给他看，他还不施舍一些什么！教书方面，卖文方面，都尝试了，但希望敌不过事实，终归失败。

"难道，当真在这儿饿死吗？"他很悲伤地说，不禁长叹一声。

这时候，街上拥挤得很厉害；贫的，富的，肥的，瘦的，雅的，丑的，男的，女的，遍地皆是。但，他们都和他没有关系，他不能同他们中间任何一个人借到一文钱。他很感到疲倦，失望，无可奈何地踏着沉重的脚步，一步一步地走回他的寓所去。

在寓所里，他见状似猫头鹰的陈为利在那儿练习英文生字：broken rice = 碎米，fish = 鱼，bread = 面包，flour = 麦粉，egg = 鸡蛋；……他见之菲回来，便打着新加坡口音的英文问着他："Mr. Lin, where do you go？（林先生，到那里去？）"

"我跑了一回街，很无聊地回了！"之菲用中国话答。

他检理着他的行装，见里面有一套洋服，心中一动，恍惚遇见救星一般了。

"把它拿到当铺里去，最少可以当得十块八块。我这套洋服做时要三四十块钱，难道不能当得四分之一的价钱吗？"他这样地想着，即刻决定了。

他揖别了陈为利，袖着那套洋服，一口气走到隔离海山街不远的一家字号叫"大同"的当铺去。

他在大学时，和当铺发生关系的次数已经甚多。但那时候都是使着校里的杂役去接治。自己走到当铺里面去，这一回是他平生的第一次。他觉得羞涩，惭愧，同时却又觉得痛快，舒适。当他走进当铺里时，完全被一种复杂的心绪支配着。时间越久，他的不快的心理一步一步占胜，他简直觉得苦闷极了。

当铺里很秽湿，而且时有一种霉了的臭气，一种不健康的，幽沉的，无生气的，令人闷损的景象，当他第一步踏进它的户限时即被袭击着。当铺里的伙计们，一个个的表情都是狡猾的，欺诈的，不健康的，令人一见便不快意的。

他非常的苦闷，几乎掉转头走出来；但为保持他的镇静起见，终于机械地，发昏地，下意识地把那套包着的洋服递给他们。

一个麻面的，独目的，凶狠的，三十余岁的伙计即时把那包洋服接住。他用着糟蹋的，不屑的，迁怒似的神情检查着那套洋服。他口里喃喃有词，眼睛里简直发火了，把那包洋服一丢，丢到之菲的面前，大声地叱着：

"这是烂的！我们不要！"

"这分明是一套新的，你说烂，烂在那个地方？"之菲说，他又是愤怒，又是着急。

"这是不值钱的！"他说时态度完全是藐视的，欺压的，玩弄的了。

他觉得异常愤恨，这分明是一种凌辱，也不声地叱着他说："混账东西，不要便罢，你的态度多么凶狠啊！"这几句话从他的口里溜出后，他心中觉得舒适许多。他拿着那包洋服待走出去。那麻面的伙计说：

"最多一元五角，愿意便留下吧！"本来经过这场耻辱和得到这个出他意外的低价，他当然是不能答应的。但，他恐怕到第二家去又要受到意外的波折，只得答应他。

一会儿，他揖别他同经患难很久的那套洋服，手里拿到一元五角新加坡纸币在街上走着。心头茫茫然，神经有点混乱，眼里涨满着血，手足觉得痒痒地只想和人家寻仇决斗。此后将怎样生活下去，他自己也不复想起这个问题！混乱的！憔悴的，冒失的，满着犯罪的倾向的他在街上走着，走着，无目的地走着！

大海一般的群众里面，混杂着这么一个神经质的无家无国的浪人，倒也不见得有什么特异的地方。

二二

这是在他将离去新加坡到暹罗去的前一夕。这时他站在临海的公园里欣赏惊人的美景。正当斜阳在放射它的最后的光辉时候，壮阔，流动，雄健的光之波使他十分感动。他尝把太阳光象征着人的一生：朝日是清新的，稚气的，美丽的，还有一点朦胧的，比较软弱的，这可以象征着少年。午间的太阳，傲然照遍万方，立在天的最高处，发号司令，威炎可畏，这可以象征着有权位的中年。傍晚的斜阳，遍身浴着战场归来的血光，虽有点疲倦，退却，但仍不失它的悲壮和最后的奋斗。这可以象征着晚年。这时候这斜阳，他觉得尤其美丽。或许是因为有万树棕榈做它的背景，或许是因为有细浪轻跃的大海为它衬托，或许是因为有丰富秀美的草原，媚绿冶红的繁花和它照映，他不能解释；但他的确认识这晚这斜阳是最美丽的，是他从前尚未在任何地方欣赏过的斜阳。

新加坡临海的这个公园，绕着海边，长约五百丈，广约一百丈。公园中间，有一条通汽车的路，傍晚坐汽车到这里兜风的，足有一万架。汽车中坐着的大都是情男情女，情夫情妇。临海这边，彼处此处，疏疏落落的点缀着几株棕榈。浅草平滑如毡，鸡冠花，美人蕉杂值其间。在繁花密叶处，高耸着一座纪念碑，题为 Our Glorious Dead（我们光荣的死者），两旁竖着短牌，用新加坡文及华文写着游客到此须脱帽致敬礼的话。

距海稍远的那边，有足球场，棒球场，四围植着茂密的树，成为天然的篱笆。

晚上在这草地坐着的，卧着的，行着的人们，如蚁一般众多。这里好像是个透气的树胶管，给全市闷住的市民换一口气，得一些新生机的地方似的。

在这嚣杂的群众里面，在这美丽的公园中的之菲，这时正在凝望斜阳，作着他别去新加坡的计划。全新加坡没有一个人令他觉得有留恋之必要，令他觉得有点黯然魂销的必要。令他觉得有无限情深的，只是这在斜阳凄照下脉脉无语的公园。

由新加坡到暹罗的轮船的三等舱船票要不到十元。这笔款他已经从陈若真处和一个邂逅相遇的老同学处借到。他明日便可离开这里动身到暹罗去。

转瞬间，他到这儿来已有十余天了；一点革命的工作都不能做到，一点谋生藏身的职业都寻找不到。他离开这里的决心便在这样状况下决定了。

他踽踽独行，大有"老大飘零人不识"之意。过了一会，斜阳西沉，皓月东上。满园月色花影，益加幽邃有趣。在一株十丈来高的棕榈树下的草地上他坐下了。瘦瘦的人影和着狭长的棕榈树影叠在一处。灯光，月光，星光交映的树荫下；幽沉，朦胧，迷幻，象轻纱罩着！象碧琉璃罩着！

"唉！这回不致在这新加坡岛上作饿莩真是侥幸啊！"他这样叹息着，不禁毛骨悚然。

"要不是在绝境中遇见老同学T君的救济，真是不堪设想了！"他这时的思潮全部集中在想念T君上。

T君是个特别瘦长得可怜的青年，他的年纪约莫廿七八岁，他的浑号叫做"竹竿鬼"。其实，比他做竹竿固然有点太过，但比他做原野间吓鸟的"稻草人"那就无微不似的了。他的面部极细，他的声音也是极细；他说话时，好像不用嘴唇而用喉咙似的。但他的同情心，却并不因此而瘦小，反比肥胖的人们广大至恒河沙数倍。他在T县G中学和之菲同学是十年前的事。他来新加坡××学校当国文，算学两科的教员，也已有两三年了。

之菲和他相遇的时候，是在他到巴萨吃饭去的一个灯光璀璨的晚上。T君那时候正和三位同事到××球场看人家赛球回来，也在那里吃饭，之菲用着怀疑的，自己不信任自己的眼光把他考察一会，终于在惊讶之中和他握手了。他同事的三人中，有两位也是他的同学，他们都各自惊喜地握着手。

他们的生活很好，每月都有月薪八十元。新加坡教书的生活真好，教小学的每年也有一千元薪金，不过，那些资本家对待这些教员好像对待小伙计一样（新加坡华人学校大都由资本家筹资创办，校长教员都由他们的喜怒以为进退），任意糟蹋，未免有点太难以为情罢了。

T君的父亲和之菲的父亲算是很好的朋友。他们算是世交，故此他对之菲差不多是用一种再好没有的态度去对待他。他很明白这次党争的意义，对于之菲，具有相当的同情。当之菲为饥饿压迫，减去他一向的高傲性，忍着羞涩的不安的情绪走去和他借钱时，他便慷慨地借给他十元。

"唉！不是绝处逢生，遇着慷慨的T君，真是糟糕一大场了！"他依旧叹息着。

这时大约是晚上九点钟了，他留连着不忍便归。在一种诗意的，幻想的，迷梦的境界中，他有点陶醉。虽说他的现实是这么险恶，但他的希望又开始地在蛊惑他了。

"到暹罗去，那儿相识多，当地政府压迫没有这般的利害，或许还可以做一点事！退一步说，便算在那儿也须过着一种藏匿的生活，但那儿有关系极深的同乡人的店户可以歇足，饿死这一层一定不用顾虑的。到暹罗去！好！到暹罗去！好！我一早便应该不来这里，跑到暹罗去才是！"

他似乎很愉快了，好像是由窒闷的，幽暗的，霉臭的，不通气的坟墓里凿外一个通风透明的小孔一样！光明在他面前闪耀着，他觉得有了出路了。他全身的力量是恢复了，他失去了的勇气也一概恢复了，他觉得他的血依旧在沸着。他显然是有了生气了。

"前进，前进。跑，跑，从这里跑到那里，从此处跑到彼处，一刻不要停止，一刻不要苦闷。动着，动着，动着，全身心，全灵魂，全生命地动着，动着。只要血管里还有一点血，筋骨里还有一点力时，总要永远地前进，永远地向前跑，跑，跑，向前跑去。我不忍我的灵魂堕落，我终于不忍屈服在父亲，母亲，旧社会，旧势力的下面而生存，我必须依照我的意志做去！"在夜色微茫中，他挺直身子，吐了几口郁气，向着自己鼓励着。

过了一会，他的瘦长的影离开这公园渐渐地远，他终于沉没在黑暗的市街里去。

二三

由新加坡到暹罗的货船名叫 PF 的，今早在搁势浅（搁势浅离暹京只有几点钟水程，此间海浅，须待潮水涨时，船才能驶进）开驶，不一会便可到埠了。

这船里的搭客仅有四人，一个将近二百八十磅重的五十余岁的老人，一个穿着上衣左肩破了一个大孔的工人模样的青年，一个是不服水土，得了脚气病，金银色脸的三十余岁的病客，第四个便是沈之菲。

由新加坡到暹罗本可以搭火车，但车资最低要三四十元；其次有专载客的轮船，船票费也须十余元；最下贱的便搭这种货船，船票仅费六元。

搭这种货船的可以说是很苦：第一，船里的伙计可以随便糟蹋着搭客，因为他们是载货的，所以把这些搭客也看做无灵性的货物一般可以任意践踏！第二，这些伙计们对待搭客显然有如主人对待仆人，恩人对待受恩者一样。惟一的理由是因为他们为着慈悲心的缘故，才把这些搭客载了这么远的路程，在这么远的路程中，压迫，凌辱，轻视，糟蹋，这算不得怎么一回事。因为搭客中如有不愿意受这种待遇的，可以随便地跳下海去，他们大概是不大干涉的。

根据这两种理由，在这货船中四五天的生活，简直可以说是一种奴隶的生活。吃饭时要受叱责；洗面，洗身时也要受叱责。

但，没有钱时一切恶意的待遇，和一切没理性的蹂躏大都是能够忍受的。素日十分高傲的之菲，居然也在这样的货船中受到五天的屈辱，并且更无跳下海的意思。他大慨也是和一般穷人一样，不曾因为他曾经受过高等教育和读过几句尼采的哲学和拜仑的诗，便可以证明是两样。

那二百八十磅重量的老人，在四人中所受的待遇算是最优。因为他生得身体结实，目光灼灼如火，声如破钵，这些伙计们委实不敢小视他，他们责问他时也比较有礼貌些。最吃亏的是那个有脚气病的病客，其次便是那披着破衫的工人，其次便是沈之菲。

那脚气病的搭客上船时险些给他们丢下大海去，他们或许没有这种用意，但他们确有这种威吓的气势。船开行后，因为天气过热的缘故，他从冷水管中抽出一桶水去洗身，恰好被那个跛着足的伙计看见。他大声叱着："做什么？"

"兄弟热得难耐了。施恩些，旋恩些，给兄弟洗一回身总可以罢！"

"哼！连搭客都要弄水洗身！我们船里的水是自己都不够用的！"

"兄弟不洗身恐怕病起来了，就请施恩，施恩吧！"

"哼！你一定不可以！"

"啊！我们来搭船是有钱买船票的！我想你先生不能这样糟蹋人！"

"你妈的！谁稀罕你的钱，你的钱，你的钱！你比街上的乞丐还要富些！我说不可以便不可以！你妈的！你敢和我斗嘴吗？哼！哼！"

"不是兄弟敢和你斗嘴，实在是火热难捱啊！施恩些，施恩些，兄弟自然知情的啊！"

"哼！你妈的！洗你妈的身！洗去罢！洗去罢！哼！哼！"

他叱骂了一会，觉得十分满足，便自去了。

受着同样待遇的之菲，自然有些受不惯。但这有什么，现在船已由搁势浅开驶，再过几个钟头便可到埠了。

"梦境，这风景多美！"

"我们可以想象，仙人们一定常到这里来！"

之菲这时凭着船栏，对着两岸的风景出了一回神，不禁这样喊着。他的头发散乱，穿着黑旧暹绸衫裤，状类农家子。

由搁势浅到暹京，人们传说还要经过九十九个弯曲。这九十九个弯曲的两岸，尽是佛寺和长年苍翠的槟榔树，棕榈树，椰子树。这些寺和这些树是这么美丽的，新鲜的，令人惊奇的，启人智慧的，开人胸襟的。他们把大海的腥气洗净，把大海的沉闷，抑郁，咆哮，奔波，温柔化了，禅化了，诗意化了。他们给茫茫大海以一种深的安息。

如若我们把暹罗国比做一个迷醉的妇人，这儿，是她的眉黛，是她的柔发，是她的青葱的梦，是她的香甜的心的幻影。

如果我们把暹罗国比做个道德高广的和尚，这儿，是他的栖息的佛殿，是他的参禅的宝坛，是他的涅槃归去的莲花座。

这船不久便到湄南河了，湄南河与海相通，河面上满着青色的石莲，黄衣的和尚，——这些和尚都荡着仅可容膝的独木舟，祖一臂挂着黄色袈裟，一个个在水面浮着，如一阵一阵黄色的鸭。（东坡诗，"春江水暖鸭先知"，此境似之！）一种柔媚，温和，迷醉，浪漫的情调，给长途倦客以无限的慰安。

"暹罗，啊！暹罗是这样美丽的！"之菲开始赞叹起来。

"差不多到码头了。唉！好了，好了！"二百八十磅重的老人哑着声说，他脸上燃着笑容。

可不是吗？这回准可以不致被丢入大海里饲鱼去了！"病客说，金银色的脸上也耀着光。

"出门人真是艰难啊！"穿着破衣的工人若有余恨地叹息着，他这时正在修理行装。

"林先生到埠住客栈去吗？得合兴客栈，我和它的老板熟悉，招呼也不错，和你一同去好吗？出门人俭也是俭不了的。辛苦了几天，到埠去快乐一两天，出出这口气罢！——哟！林先生到暹罗教书的吗？看你的样子很斯文。暹罗这里教书好，一年随便可以弄得一千几百块！——老汉真是没中用的了。在这暹罗行船二十多年，赚到的钱很不少，但现在剩下的却有限！……"老人对着之菲说。

"好的，一同到客栈去是很好！"之菲答。

船停住了，马马虎虎地被检查了一会，便下船雇艇凑上岸去。最先触着之菲的眼帘使他血沸换不过气的，是一个二十七八岁的妇人裸着上体，全身的肉都象有一种弹性似地正在岸边浴着。她见人时也不脸红，也不羞涩，那美丽的面庞，灵活的眼睛，只表现着一种安静的，贞洁的，优雅的，女性所专有的高傲。

"美的暹罗！灵异的暹罗！象童话一样神秘的暹罗！"

他望着那妇人一眼，自己的脸倒羞红了，不禁这样赞美着。

"林先生，你觉得奇怪吗？这算什么！我们住在'山巴'的，一天由早到黑都可以看见裸着上体的少女，少妇呢！在山巴！唉，林先生你知道吗？这里的风俗多么坏！但，年纪轻的人到这里来是不错的！林先生，你知道吗？象你这么年纪来这里讨个不用钱的老婆是很容易的，林先生，你知道吗？"老人带笑说，他戏谑起之菲来了。

"不行，我不行！我又不懂得暹罗话！恐怕靠不住的，还是你老人家啊！"之菲答，他不客气回他一下戏谑。

"少不得要承认，我少时也何尝不风流过。实在老了，这些事只好让给你们青年人干。哈！哈！哈！"老人笑着。

那位穿着破衣的工人和那位病客都滞留在后面；老人和之菲各坐着黄包车到得合兴客栈去。

二四

　　这儿的政治环境，也和新加坡一样十分险恶。《莱新日报》的总编辑邓逸生，M党部的特派员林步青，陈子泰都在最近给当地政府拿去监禁。已经被逐出境的也很多。全暹罗国都在反动派的势力之下。他在旅馆住了两天，经过几位同志的劝告，便避到湄南河对岸"越阁梯头"一家他的乡人开办的商店名叫泰兴筏的，藏匿去了。

　　这筏是用木板钉成的，用木柱，红毛泥柱支住在水面上，构造和其他的商店一样。潮水涨时从对岸望去，这座屋好像在河面游泳着一样。潮水退对，又恍惚象个褰裳涉水的怪物一样。湄南河对岸的筏一律如此，住筏上的人都有"Water! Water! Everywhere!（水，水，到处是水!)"的特异感觉。晚上有一种虫声于灯昏人寂时，不住地在叫着，克苦，克苦，克苦，其声凄绝，尤其是这水屋上特有的风味。

　　泰兴筏里的老板名叫沈松，是个三十岁前后的人。他从前曾在乡间教过几年书，后来弃学从商。现在肚皮渐渐凸起，面上渐渐生肉，态度渐渐狡猾，差不多把资本家的坏脾气都学到，虽然他倒还未尝成为资本家。他的颊上有指头一般大的疤痕，嘴唇厚而黑，眼狭隘而张翕有神。他对待之菲是用一种无可奈何的客气，一种讨厌到极点而故意保持着欢迎的神情。

　　筏的"廊主"名沈之厚，年纪三十四岁，眼皮上有个小小的疤痕，长身材，面庞有些瘦削，他是个质直，宽厚，恳挚，迟缓，懦弱的人。他很同情之菲，他对待之菲很好，但他比较上是没有钱的。

　　他们都是之菲的同乡人，之菲的父亲对他们都是有点恩惠的。故此之菲在这筏中住下去，被逐的危险是不至于会发生的。

　　之菲度过的童年完全是村野的，质朴的，嬉戏的。他的性格非常爱好天然的，原始的，简陋的，质朴的，幽静的生活。在这种象大禹未开凿河道以前洪水乏滥的上古时代似的木筏上居住，他觉得十分适意。

他的日常的功课是棹着一只独木舟在湄南河中荡着。他对他的功课是这般有恒。不管烈日的刺炙，猛雨的飘洒，狂浪的怒翻；或者是在朦胧的清晨，溟蒙的夜晚；他的臂晒赤了，他的脸炙黑了，他只是棹着，棹着，未尝告过一天假！

关于游泳的技能，他颇自信；故此在洪涛怒浪之中，他把着舵，身体居然不动，并没有一丝儿惊恐。在这样的练习中，心领意会，学到许多种和恶势力战斗的方法。他的结论，是冷静，镇定，不怕不惧，便可以镇平一切的祸乱！

我们可以想象到在烟雨笼罩着全江，风波发狠在吞噬着大舟小舟的时候，这流亡者，袒着胸，露着背，一桨一桨用尽全身的气力去和四周围的恶环境争斗，一阵一阵地把浪沫波头打退时，他的心中是怎样的安慰！

有一天，他刚吃完了午饭，正赤日当空，炎蒸万分，他戴着箬笠，袒着上身，穿着一条黑暹绸裤，棹着小舟，顺流而下，在他眼前的总是一种青葱，娴静，富有引诱性的梦幻境。他一桨一桨追寻下去，浑忘这湄南河究是仙宫还是人间！

不一会，他把舟儿棹到河的对岸去。那时，那小舟距离泰兴筏已有两三里路之遥了，他开始从梦幻的境界醒回，觉得把舟棹回原处去，那并不是一回容易的事情！他只得暂时把舟系住在一个码头的红毛泥柱上，作十分钟的休息。河面的风浪本来已经是很大，每经一只汽船驶过时，细浪成沫，浪头咆哮，汹汹涌涌，大有吞噬一切，破坏一切的气势。但他不因此感到惧怯，反因此感到舒适！他出神地在领会他的灵感。他望望悠广的天，望望悠广的河面，觉得爽然，廓然，冥然，穆然，渊然，悠然。他合上眼，调匀着吸息，在舟上假睡一会。耳畔满着涛声，风声，舟子喧哗声，远远传来的市声；他觉得他暂时成了人间的零余者，世外的闲人。在这种如中酒一般朦胧，如发梦一般迷离的境界里，他不禁大声地歌唱起来。把平日喜欢诵读的诗句，在这儿恣性地拉长声儿唱着。

过了一会，他解缆用尽全身气力把船棹回对岸去，因为水流太急，待达到对岸时，那舟又给风浪流下一里路远了。

他发狠地棹着，棹着，过了十分钟，看看前进数十步的光景，可是略一休息，又被流到刚才的地位去了。他开始有点心慌。

"糟糕！糟糕！几时才能够棹回泰兴筏去呢？"他这样想着。

他不敢歇息，一路棹着，棹着，他把两臂的力用完了。继续用着他的身体的力。把身体的力用完了，继续用他的心神的力，生命里蕴藏着的力！他不计疲倦，不计筋骨酸痛，不计气喘汗出，只是棹着，咬着牙根的棹着，低着头的棹着。经过点余钟的苦斗，他终于安安稳稳地达到他的目的地去。

他到泰兴筏时已是下午四时余，一种过度的疲劳，令他头部有点发昏，心脏不停地狂跳。他只得走到房里躺下去，死一般地不能动弹。在那种境况中，他觉得满足，他觉得象死一般地舒适。

第二天，他又在骇涛惊浪中做他日常的工作了。

离泰兴筏不远，有一个十分娴静的"越"（佛寺）。那儿有茂密的树，有几只斑皮善吠的狗，有几个长年袒着肩挂着袈沙的和尚，有许多大大小小的塔，有一片给人乘凉的旷地，也是之菲时常到的地方

暹罗的风俗真奇怪！男人十分之八当和尚，其余的便都当兵和做官。做生意的和耕田的男人，正如凤毛麟角，遍国中寻不出几个来。和尚的地位极高，可以不耕而食，参禅而坐享大福。供给他们这种蛀虫的生活的，是全国的女人，从事生产的事业，对于僧侣有一种极端的迷信和崇奉的结果。

全国的基本教育，也操纵在这般僧人之手。僧人是国里的知识阶级和说教者，僧院内大都附设着启发儿童的知识的学校，由僧人

主教。

之菲常到的这个佛寺，里面也附设着学校。当他在那里的长廊坐着看书时，时常看见许多跣足袖书前来上课的儿童。

当他在叶儿无声自落，斑皮狗停吠，日影轻轻掠过树隙，天云渺渺在飞着，院内寂静极，平和极，安定极，自在极，以至有些凄凉的境况中，他也参起禅来，跏趺坐着，身心俱寂。这时要是有一个外人在那边走过，定会误会他是个道法高广的和尚。

在过着这种生活的之菲，这时，好像变成一个极端个人主义者，悲观主义者。他似乎一点儿也不象一个赤色的革命家，而是个银灰色的诗人，黑褐色的佛教徒了。

二五

在这神异的，怪诞的，浪漫的暹罗国京城流浪着的之菲，日则弄舟湄南河，到佛寺静坐看书，夜则和几个友人到电戏院，伶戏院鬼混。时光溜得很快，恍惚间已是度过十几天了。在这十几天中，他也尝为这儿的女郎的特别袒露的乳部发过十次八次呆。也尝游过茂树阴森，细草柔茸的"皇家田"。也尝攀登"越色局"，眺览暹京满着佛寺的全景。也尝到莱新报馆去和那儿的社长对谈，接受了许多劝他细心匿避的忠告。也尝到一个秘密场所去，听一个被逐的农民报告，说从潮州逃来的同志们，总数竟在万人以上：有的在挑着担卖猪肉，有的在走着街叫喊着卖报纸，有的饥寒交迫，辗转垂毙。

他受着他的良心的谴责，对于太安稳和太灰色的生活又有些忍耐不住！他的奔走呼号，为着革命牺牲的决心又把他全部的心灵占据着。他决意在一两天间别去这馨香迷醉的暹罗，回到革命空气十分紧张的故国 W 地去。

"到 W 地去，多么有意义！在那儿可以见到曙光一线，可以和工农群众站在同一条战线上去，向一切恶势力进攻！在那儿我们可以向民众公开演讲，可以努力造成一队打倒帝国主义者和打倒军阀的劲旅。我的一生不应该在这种浪漫的，灰色的，悲观的，颓唐的，呻吟的生活里葬送！我应该再接再厉，不顾一切地向前跑！我应该为饥寒交迫，辗转垂毙的无产阶级作一员猛将，在枪林炮雨中，在腥风血泊里向敌人猛烈地进攻！把敌人不容情地扑灭！敌人虽强，这时候已是他们罪恶贯盈的时候。全世界被压迫的阶级和被压迫的民族都已渐渐觉悟，不愿再受他们的压迫，凌辱，强奸，蔑灭，糟蹋，渐渐地一齐向他们进攻了！故国这时反动的势力虽然厉害，但我们的势力日长，他们的势力日消，只要我们能够积极奋斗，他们最后终会成为我们的俘虏的。——唉！即退一步说，与其为奴终古，宁可战败而去！去吧，去吧，只要死得有代价，死倒不是一件可怕的事。家庭啊，故国啊，旧社会啊，一阵阵黑影，一堆堆残灰，去吧，去吧，你们都从此灭亡去吧！灭亡于你们是幸福的事！新的怒涛，新的生机，新的力量，新的光明，对于你们的灭亡有极大的愿望与助力！我对你们都有很深的眷恋，我最终赠给你们的辞别的礼物便是祝你们从速灭亡！"他这几天来，时常这样想着。

　　这次将和他一道到 W 地去的是一位青年，名叫王秋叶。他是之菲的第一个要好的老友，年纪约莫二十三四岁，矮身材，脸孔漂亮，许多女人曾为他醉心过。他和之菲是同县人，而且同学十年，感情最为融洽。他是个冷静，沉着，比较有理性的，强毅的人。他的思想也和之菲一样，由虚无转到政治斗争，由个人浪漫转到团体行动。他于去年十月便被 M 党部派来暹罗工作，现在也是在过着流亡的生活。他从初贝逃走出来，藏匿在逻京的××华人学校。这时已间接受到校董的许多警告，有再事逃匿的必要；所以他决定和之菲一同回到 W 地去。

二六

　　这是大飓风之夕。泊在 H 港和九龙的轮船都于几点钟前驶避 H 港内面，四围有山障蔽之处。天上起了极大的变化，一朵朵的红云象睁着眼，浴着血的战士，象拂着尾，吐着火的猛兽。镶在云隙的，是一种象震怒的印度巡捕一样的黑脸，象寻仇待发的一阵铁甲兵。满天上是郁气的表现，暴力的表现，不平的表现，对于人类有一种不能调解的怨恨的表现，对于大地有一种吞噬的决心的表观。

　　这时，之菲正和秋叶立在一只停泊着在这 H 港的邮船的三等舱甲板上的船栏边眺望。他这时依旧穿着黑暹绸衫裤，精神很是疲倦，面庞益加消瘦。秋叶穿的是一条短裤，一件白色的内衣，本来很秀润的脸上，也添着几分憔悴苍老。

　　甲板上的搭客，都避入舱里面去。舱里透气的小窗都罩紧了，舱面几片透气的板亦早已放下，紧紧地封闭，板面上，并且加上了遮雨的油布。全船的船舱里充满着一种臭气，充满着窒闷，郁抑，惶恐，憎恨，苦恼的怨声！

　　过了一会，天色渐晚，船身渐渐震动了，象千军万马在呼喊着的风声，一阵一阵地接踵而至。天上星月都藏匿着，黑暗弥漫着大海。在这种极愁怆的黑暗中，彼处此处尚有些朦胧的灯光在作着他们最后的奋斗。

　　这种情形继续下去，每分钟，每分钟风势更加猛烈。象神灵震怒，象鬼怪叫号。一阵阵号啕，惨叫，叱骂，呼啸，凄切的声音，令人肠断，魂消，魄散！

　　"哎哟！站不稳了！真有些不妙，快走到舱里去！老王！"之菲向着秋叶说。

　　"舱中闷死人！在这里再站一会儿倒不致有碍卫生。"秋叶答。

他的头发已被猛烈的风吹乱，他的脸被闪电的青色的光照着，有些青白。

一阵猛烈倾斜的雨，骤然扫进来，他俩的衣衫都被沾湿。

"糟糕！糟糕！没有办法了，只好走到舱里面去！"秋叶说。

"再顽皮，把你刮入大海里去！哼！"之菲说，他拉着秋叶，收拾着他们的行李走入舱里面去。

舱里面，男女杂沓横陈。他们因为没有地方去，只得在很不洁的行人路的地板上马马虎虎地把席铺上。一阵阵臭秽之气，令他们心恶欲吐。在他们左右前后的搭客，因为忍不住这种强烈的臭味和过度的颠簸在掏肝洗肠地吐着的，更占十分之五六以上。之菲抱住头，堵着鼻，不敢动。秋叶索性把脸部藏在两只手掌里，靠着船板睡着。

"'在家日日好，出外朝朝难！'是的，忠厚的黄大厚夹着眼泪说的话真是不错！"之菲忽然想起黄大厚说着的话和在由 S 埠到新加坡的轮船上的情形来。

在距离他不到二十步远的地方，在吊榻上睡着的几个女人，在灯光下，非常显现地露出他们的无忌惮的，挣扎着的，几个苦脸。她们的头发都很散乱，乳峰都很袒露。她们虽然并不美丽，但，实在可以令全舱的搭客都把视线集中在她们身上。

"唉！唉！假使我的曼曼在我的身边！——"他忽然又想起久别信息不通的曼曼，心头觉得一阵凄伤，连气都透不过来。

"唉！唉！我是这样地受苦，我受苦的结果是家庭不容，社会不容，连我的情人都被剥夺去！她现在是生呢，是死呢？我那儿知道！唉！唉！亲爱的曼，曼，曼！亲爱的！亲爱的！……"在这种风声惨厉，船身震簸的三等舱，臭气难闻的舱板上，他幽幽地念着他的爱人的名字，借以减少他的痛苦。

决定回国之后，之菲便和秋叶再乘货船到新加坡——暹罗没有轮船到上海——在新加坡等了几天船，便搭着这只船预备一直到上海，由上海再到 W 地去。恰好这只船来到 H 港便遇飓风，因此在这儿停泊。

"吁！吁！哗哗！啦啦！硼硼！砰砰！"船舱外满着震慑灵魂的风声，海水激荡声，笨重的铁窗与船板撞击着的没有节奏的声音。

"老王！我们谈谈话，消遣一下吧！我真寂寞得可怜！"他向着秋叶呼唤着。

"Hnorhnor！hnorhnor！hnorhnor！……"只有鼾声是他的答语。

"这是多么可怕的现象呀，我不怕艰难险阻，我不怕一切讥笑怒骂，我最怕的是这个心的寂寞啊！"他呻吟着，勉强坐起来，从他的藤箧中抽出一枝自来水笔和一本练习簿，欹斜地躺下去写着：

亲爱的曼妹：

在 S 埠和你揖别，至今倏已三月。流亡所遍的足迹逾万里。在甲板上过活逾三十天。前后寄给你信十余封，谅已收到。但萍飘不定的我，因为没有一定的住址，以致不能收到你的复信，实在觉得非常的怅惘！

这一次流亡的结果，令我益加了解人生的意义和对于革命的决心。我明白现时人与人间的虚伪，倾陷，欺诈，压迫，玩弄，凌辱的种种现象，完全是资本社会的罪恶和显证。欲消灭这种现象，断非宗教，道德，法律，朝廷所能为力！因为这些，都站在富人方面说话！贫困的人处处都是吃亏！饥寒交迫的奴隶，而欲和养尊处优的资本家谈公道，论平等，在光天化日之下同享一种人的生活，这简直是等于痴人说梦！所以欲消灭这种现象，非经过一度流血的大革命不为功！

中国的革命，必须联合全世界弱小的民族，必须站在反对资本帝国主义的联合战线上，这是孙总理的遗教。谁违背这遗教的，谁便是反革命！我们不要悲观吧，不要退却吧，我们必须踏着被牺牲的同志们的血迹去扫除一切反动势力！为中国谋解放！为人类求光明！国民革命和世界革命的终必成功，一切工农被压迫阶级终必有抬头之日，这我们可以坚决地下着断语；虽然，我们或许不能及身而见。

流亡数月的生活，可说是非常之苦！一方面因为我到底是一个多疑善变的知识分子，是一个对着革命没有十分坚决的小资产阶级人物，故精神，时有一种破裂的痛苦。一方面是因为家庭既根本不能了解我，社会给我的同情，惟有监禁，通缉，驱逐，唾骂，倾陷，故经济当然也感到异常的穷窘。我几乎因此陷入悲观，消极，颓唐，走到自杀那条路去！但，却尚幸迷途未远，现在已决计再到 W 地去干一番！

我相信革命也应该有它的环境和条件，为要适应这种环境和条件起见，我实有回到 W 地去的必要。在这儿过着几个月的流亡生活，一点革命工作都谈不到，做不到；虽说把华侨的状况下一番考察，也自有其相当的价值，但总觉得未免有些虚掷黄金般的光阴，……

你的近况怎样？我很念你！你年纪尚轻，在社会上没有什么人注意你，大概不至于有什么危险吧！这一次不能和你一同出走，实在因为没有这种可能性，经济方面和逃走时的迫不及待的事实，想你一定能够谅解我吧！

这十几天末，由暹罗到新加坡，由新加坡到这 H 港，海行倦困。此刻更遇飓风，海涛怒涌，船身震簸。不寐思妹，益觉凄然！

妹接我书后，能于最近期间筹资直往 W 地相会，共抒离衷，同干革命！于红光灿烂之场，软语策划一切，其快何似！倦甚，不能再书！

祝你努力！　　　之菲谨上。

七月十日夜十二时。

他写完这封信时，十分疲倦，凄寂之感，却减去几分。风声更加猛厉，船身簸荡得更加利害。全舱的搭客一个个都睡熟了。

"唉！这是一个什么现象！"他依旧叹息着。但这时，他脸上显然浮着一层微笑。过了不到五分钟，他已抱着一个甜蜜的梦醋睡着。

二七

邮船到黄浦江对岸浦东下锚了。船中的搭客都把行李搬在甲板上，待客栈来接。朝阳丽丽地照着，各个搭客的倦脸上都燃着一点笑容。十余个工人模样的山东人，他们围着他们的行李在谈着，自成一个特殊区域。和之菲站在一处的除秋叶外，便是两个厦门人，和两个梧州人，亦是自成一家的样子。

两个厦门人中一个穿着白仁布，铜钮的学生装的——这种装束南洋一带最时髦——从前是北京工业专门学校的学生，现时在新加坡陈嘉庚的树胶厂办事。他的眼圈有些黑晕，表示出他有点虚弱。他对于社会主义一类的书，似乎有点研究；口吻象个无政府主义者。第二个厦门人是个现时尚在上海肄业的学生，著反领西装，样子很不错，似乎很配镇日写情书一流的人物。

两个梧州人，都是五十岁前后的老人。一肥一瘦，一比较好动，一比较好静。他们每在清晨起来便都盘着腿静坐一会。他们都是孔教的热烈信仰者。那肥者议论？滔滔，真是口若悬河，腹如五石瓢。他说：

"仁义礼智信，夫子之大道也！此大道推之百世而皆准，放之四海而皆验！是故，此五者皆人类所不可缺之物；而夫子倡之，夫子之足称为教主，孔之成教也明矣！"他说话时老是象做八股文章似的，点缀着一些之乎者也，以表示他对于旧学的渊博。同时他把近视眼圆张呆视着，一面抱着水烟筒在吸烟。

对于人类的终于不能平等，大同的世界的终于不能实现他也有他的妙论。他说：

"君者，所以出令安民者也；臣者，所以行令治民者也，今虽皇帝已去，而总统犹存：总统者亦君之义也。然总统时代之不如皇帝时代，此则近十余年来，事实可为证明，不待老夫置辩。倘并此总统而无之，倡为人类平等之说，无君父，无政府，是禽兽也！若禽兽者斯真无君父，无政府矣！当今异说蜂起，竟为奇伪，共产公妻之说，溢于禹域！安得有圣人者出而惩之，以挽人心于既坠！孟子曰，能言拒杨墨者，圣人之徒也。余之不得不极端反对共产公妻，盖亦此意焉。劳心者治人，劳力者治于人，不易之理也。……"他说话时老是摇着头，摆着屁股，神气十足。

那瘦者是个诗人，他缄默无言，不为而治。他扇头自题《莲花诗》三首。中有警句云：

任他风雨连天黑，自有盘珠似火明！

这两位老友，是从 H 港下船来上海的，他们的任务，是到上海来夤缘做官。他们前清时都是廪贡生，民国后，宦游四方，做过承审，知事等类官职。

这时客栈的伙计们已来接客了。两位老人和之菲，秋叶都同意住客栈去，由肥的老人和伙计们接洽。

"到我们的栈房去，好吗？行李一切都交给我们，我们自然会好好地招呼的，"一个眇一目，穿着深蓝色衫裤的客栈伙计向他们说。

"我们这里一总行李三件，到你们客栈去，共总行李费几多！"

肥的老人问。

"多少随你们的便吧,不要紧的,不要紧的,"眇一目的伙计答。他一一地给着他们一张片子,上印着"汇中客栈"四个字。瘦的老人向他索着铜牌。他很不迟疑地袖给他一个鹅蛋形大小的铜牌,上面写着什么工会什么员第若干号字样。瘦老人把它很珍重地藏入衣袋里,向着之菲和秋叶很得意地说:

"有了这牌,便是一个证据,可以不怕他逃走了!"

之菲和秋叶点头道是。过了一会,行李已先给小艇载去,他们便都被这眇一目的伙计带去坐小轮船渡河。

这时那两位老人步履很艰的在踱来踱去。眇一目的伙计向着他们说:"坐我们栈里头自己特备的汽车去吧。"

"恐怕破费太多,我们坐黄包车去吧。"

"不,这汽车是我们自己特备的,车资多少任便,不要紧的,不要紧的。"

"真的是这样吗?"

"怎么不真!"

两老和之菲,秋叶都和这眇一目的伙计坐上汽车去。这时忽然来了一个流氓式的大汉,向他们殷勤地通姓名,打招呼,陪着他们同车到客栈去。

汇中客栈是一所房舍湫隘、光线很黑暗的下等客栈,两老同住一房。之菲和秋叶同住一房。两老住的房金是每日一元八角。之菲秋叶的是一元六角。过了一会,他们的行李都被送到,他们都觉得心满意足。

之菲和秋叶在房中,刚叫伙计开饭在吃的时候,那眇一目的伙计和那流氓式的大汉,和另外又是一位大汉忽然在他们的门口出现。

"先生,打赏!"眇一目的伙计说。

"我们是替先生一路照顾行李来的,"流氓式的两位大汉说。这两位大汉,贼眼闪闪,高身材,一脸横肉,声音蛮野而洪大。

"那两位老先生打赏我们九元五角。你们两位照样打赏吧!"两位大汉恫吓着说。

"我们两人只是一件行李,行李费讲明多少不拘。我们又不是个有钱人,那里能够给你们那么多!"之菲说,他觉得又是骇异又是愤怒。

"你先生想给我们多少!"他们用着嘶破的口音说,声势有些汹汹然了。

"给你们一元总可以吧!"之菲冷然地答。

"哼!不行!不行!最少要给我们九元!那两位先生给我们九元五角。难道你们一路来的给我们九元都不能够吗!"他们说,露出十分狞恶的态度。

"出门人总是要讲道理的!照普通客栈的规矩每件行李不过要二毫钱。难道你们要几多便几多,不可以商量的么?"之菲说,他觉得他们这种敲诈的办法真是可恨。

"最低限度要给我们八元!快快!快快!我们现时要到外边吃饭去!"两个流氓式的大汉说,露出很不屑的神态来。

"一定要我出这么多钱,有什么理由,请你们说一说!你们要去吃饭吗?不要紧的,我这儿可以请你们吃饭!"之菲带着笑谑的口吻说。

"快!快!最少要给我们八元,分文是不能减的!快!快!快!你们的饭不配我们吃,我们到外边吃饭去!快!"大汉说,他们握着拳预备打的样子。

"给你们两块吧,多一文我也不愿意给!你们要怎么便怎么,我不轻易受你们的敲诈!"之菲说。他望也不望他们只是吃他自己的饭。

"快!快!快!快!我们到外边吃饭去!给我们七元五角,再少分文我们是不要的!快!快!快!"大汉再恫吓着说。

为要了事,和减去目前的纠纷起见,最后终由之菲拿出六元纸币打发他们去。这时秋叶吓得面如银蜡色，噤不敢声。

"全世界，全社会都充满着黑幕！"秋叶说，抽了一口气，倒在榻上睡着。

"这里比新加坡暹罗所演的滑稽剧还来得凶！在暹罗买好了船票，还要避去公司们——暹罗私会——彼此吃醋（般票须由公司们抽头，此私会与彼私会常因争夺这项权利斗杀，酿成命案），在岸上藏匿着，直到轮船临开时，才敢下船。在新加坡遭福建人的糟蹋（新加坡海面，福建人最有势力。他们坐货船由暹罗到新加坡时，船在离岸数十万丈处下锚，由福建人的小艇来把他们载上岸去。别处人的小艇不敢来做这项生意，这些搭客都要拜跪陪小心，由这些福建人每人要三元便三元，五元便五元，才有上岸之望），出了钱惹没趣！来这儿又遇了这场风波！唉！黄大厚说的真是不错，在家日日好，出外朝朝难！"之菲说，他这时正在饮着茶。

"所以，人类这类东西，到底可以用革命革得可爱些与否，这实在是成了一个大疑问！"秋叶很感伤似地说。

"这个解释很简单，他们的种种丑态，都是受着经济压迫演成的结果！在这些地方，我们益当认为革命！我们益当确定革命所应该走的路，是经济革命！"之菲说。他这时对刚才那几个流氓的愤恨，似乎减少了几分。

"或许是吧！要是革命不能改变这种现象，别的愈加没有办法了！唉！只得革命下去吧！"秋叶说，他的怀疑的目光依旧凝视在刚才几个流氓叱咤暗呜的表演场上。

二八

W地也发生党变，他们都不能到那儿去，只得滞留上海。之菲这时，差不多悲观到极点。他和秋叶在F公园毗近的×里租着一间每月十元的前楼住着，预备在这里过着卖文的生活。他这时差不多变成一块酸性的石头。他神经紊乱时老是这样想：

"虽然醇酒妇人的颓废和堕落的生活，断非一个在流亡着的狂徒的经济力量所能胜。但，在可能的范围内，且从此颓废下去吧！堕落下去吧！我虽不能沉湎在鸩毒的酒家，淫乱的娟寮中；但到四马路去和那些和我一样堕落的'野鸡'去碰碰，碰着她们高耸的乳峰，碰着她们肥大的屁股，把神经弄昏了，血液弄热了，然后奔回寓所来，大哭一场，这总是可以的！有时，减衣缩食去买一两瓶白玫瑰，以失望为肥鸡，嘲弄为肥鹅，暗算为肥鸭，危险为肥猪，凌辱，攻击为肥牛，肥蛇，饱餐一顿，痛饮一番，大概是不至于没有这种力量的！沉沦！沉沦！勇往的沉沦！一瞑不返的沉沦！不死于战场，便当死于自杀！我的战场已失去了！我的攻守同盟的伴侣已经溃散了！我所有的只有我自己的赤手空拳！我失去我的斗争的立场！我失去我的斗争的武器！在我四周的，尽是我的敌人！我不能向他们妥协，屈服！我只有始终站在反对他们的地位，去从事我个人的沉沦生活！"

但，当他神经清醒时，他觉得这种办法实有些不对。他便这样想着：

"革命这件东西，是象怒潮一样，一高一低，时起时伏。这时候中国的革命运动虽然暂时消沉下去，不久当然会有高涨的希望。我应当忍耐着，冷静地考察着各方面的情形怎样，我不应因此而失望，悲观，堕落，颓丧。我应当在这潜伏期内，储蓄着我的力量去预备应付这个新局面。……"

这两种思潮，各有各的势力平分占据他的脑海。他因此益显出精神恍惚，意志不专。

秋叶的态度，益显出颓丧。他的否认一切的言论发得真是太多！他的失望，灰心，颓丧，不振，无生气，没有丝毫力量的倾向，一天一天地厉害起来！"希望"这个名词，在他的眼里，简直成为一种嘲弄。他永不希望。譬如做文章寄到杂志编辑部去，别人总是希望或许可以发表的吧。他寄去时从未尝有过热烈的倾向。寄去后，好像他的工作便算完了。他不曾多做一层希望的工夫。结果，他的不希望的哲学大成功。因为事实证明，他们对于这些是永远用不着希望的！

他们睡的是楼板；穿的是从朋友处借来的破衣服；食的是不接续的"散包饭"；所做的文章，从未尝卖到半文钱。他们实在是可以不用希望的。

这天，他们在报纸上看见一段 S 埠，T 县都为工农军占据的消息。之菲决意再回去干一干，秋叶不赞成，他们的辩论便开始了。秋叶说：

"第一点，这支工农军，子弹饷械都不充足，日内必定败退溃散，我们没有回去跟他们逃走的必要。第二点，我们现在需要竭力保持灰色，这一回去，色彩益加浓厚，以后逃走，更加无地自容。第三点，干革命工作，不必一定到工农群众里面去做实地工作。在文学上，我辈能够鼓吹一点革命思想，也算是尽一分力量。我根据这三点理由，绝对不赞成回去。"他说话时，一面正在翻译逖更司的 Tales of Two Cities（《双城记》），态度很是冷静镇定。

之菲这时，全身的血在沸着，他对于文学本身已起着很大的怀疑。在这样大风雨，雷电交闪的时代，他觉得安安静静地坐下去从事文学创作，这简直是一件不可能的事。他觉得月来的郁积，有如火山寻不到爆烈口一样沉闷，现在须让它爆烈一下！他觉得月来的苦痛，有如受缚的鸷鸟一样悲哀，现在须让它飞腾一下！他的青春之火，他的生命之火，他的为民众的利益而牺牲的壮烈之火，镇日里在他胸次燃烧着，使他非常焦灼，坐卧不安！他的灰白色的脸，照耀着一层慷慨赴难的表情，他的眼睛里有一种恳挚的，急切的，勇往的光在闪着。他听见秋叶的话老大地觉得不舒服，立起身来说：

"第一点我们必须回去，因为我们从暹罗奔走到新加坡，从新加坡奔走到上海来，为的是要到 W 地干革命去。W 地现时既不能去，而 W 地的革命势力现时几乎全部集中在 S 埠，T 县；故此我们必须把到 W 地去的决心移到 S 埠，T 县去。工农军的是否失败，现时不能武断。假使失败，我们只有再事逃亡，并无若干的损失。第二点，我们必须回去，因为我们的战地久已失去，战伴久已分离，战斗的力量和计划大半消失，这一回去可以把这些缺陷统统填平。保持灰色这一层，现在大可不必；既已在流亡通缉之列，尚有仆么灰色可以保持？第三点，从事革命文学对社会当然也有相当的贡献。但既已决心从事革命文学而不作实地斗争，这种文学易成蹈空，敷衍，而失去它的领导时代的效力！根据这三点理由，我绝对地主张回去！"他说话时，声音非常亢越，有一种演说家的表情。

"且稍安毋躁！"秋叶冷然地说。他依旧在干着他的翻译的工作，他面上并无丝毫激动着的感情。"革命是一种科学，并不是能够任情。我们先要研究，加进我们去，在这个溃败的大局中有没有挽救的力量？我敢说，这是没有的！现在工农群众的暴动，有许多幼稚，错误；我们能不能纠正这种幼稚和错误？我敢说，我们是不能够的！依照我们的特长说，与其说是政治的不如说是文学的。我想，现时还是安安静静地在这上海蛰居，从事文学创作吧！"

"对于你所说的话，我根本地加以否认！"之菲说。他这时对着秋叶的冷静的态度几乎有些愤恨。"革命是科学的，理性的，不能任情恣意，这是当然的。但照你这种蔑视自己的态度，人人象你一样便足令革命延缓几千年尚不能成功！革命运动之所以能够一日千里，全视各个细胞之能够尽量活动。个人的力量，不能左右一个局面，这也是当然的。但我们虽不能做一个左右局面的伟人，我们不能不尽我们的能力去做我们所应当做的事。工农运动的是否幼稚，错误，我们现在尚无批评的资格；因为我们所得到的各种消息都大半是造谣的，内容怎么样我们未尝切实知道。我辈的特长，即使是文学方面，难道在这个政治斗争的高潮中，我们不应该再学习些政治斗争的手腕吗？回去，我们一定回去才对!"

因为在上海摸索了一月，所受的苦楚，实在证实卖文这种生活的无聊；所以结局，秋叶用着一种无可奈何的态度，笑应和他一同回到S埠去。

二九

八月将尽的时候，岭东的天气依然炎热。是中午了，由上海抵S埠的广生轮船的搭客，纷纷上岸。

"昨夜工农军全数逃走，白军现时未来，全埠店户闭门!……"一个挑行李的工人说。他戴着破毡帽，穿着旧破衫，面上晒得十分赤黑。

这时有两个西装少年，态度非常沉郁，却极力表示镇定。两人中一个瘦长的向着这工人问道：

"红白的军队现在都没有了么？好！好！军队真讨厌，没有便干净了！请问今天海关有没有盘查上船的搭客?"

"没有的!"工人咳了一声说。"今天好，今天没有盘查！前两天穿西装的，都要被他们拿去呢!"

这两位西装少年便雇着这个工人挑行李到天水街同亨号去。全埠上寂静得鸦雀无声，满布着一种恐怖的痕迹。海关前平时人物熙熙攘攘，这时也寥落得象个破神庙一般。商店全数闭门，门外悬着的招牌呆然不动，象征死一般的凄寂。全埠的手车工人因为怕扰乱治安的嫌疑，变皆逃避一空。铃铃之声，不闻于耳，大足令这些萧条的市街减色。

由这S埠至T县的火车已经没有开行，埠上几个小工厂的烟筒亦没有了袅袅如云的黑烟。街上因为清道夫没有到来洗扫，很是秽湿，苍蝇丛集。远远地望见一个破祠内，还有几个项上挂着红带的残废的兵卒，在那儿东倒西歪地坐卧着。祠门外隐隐间露出一面破旧的红旗，在微风里抖战着。此处，彼处时有一两家铺户开着一扇小门，里面的伙计们对这两位皇皇然穿着西装的少年都瞠着目在盯视着。

这两个西装少年，便是之菲和秋叶。一种强烈的失望，令他们只是哑然失笑。

"这才见出我们的伟大！两方面的军队都自动地退出，让我们俩'文装'占据 S 埠全埠！"之菲向着秋叶说。

"莫太滑稽，快些预备逃走吧！"秋叶答。

天水街同亨号，离码头不远，片刻间已是到了，付了挑夫费，他们一直走入该店中。店老板姓刘名天泰，是之菲的父亲的老友。刘天泰的年纪约莫五十余，麻面，说话时，有些重舌，而且总是把每句话中的一两个字随便拉长口音地说。他这时赤着膊，腹上围着一个兜肚在坐着。他是一个发了财的人，但他并不见肥胖。之菲和秋叶迎上前去说一声："天泰叔！"

他满面堆着笑地说："呀！来——好！好！——你们今早大约是未尝吃饭的，叫伙计买点心去。"他说后即刻叫伙计把他们的行李拿上楼来，并在兜肚里拿出两角钱来叫另外一个伙计去买两碗面来。

这店是前后楼，楼上楼下全座都是刘老板一姓的私物。他做出口货，以菜脯，麻为大宗。收入每年在一百几十万以上，赢利总有十万，八万元。他有个儿子，年约三十岁，一只目完全坏了，余一只目也不甚明亮。那儿子象很勤谨，很能干的样子。刘老板整天的工作，是费在向他发牢骚，余的时候便是打麻雀牌，谈闲天；他的家产便在这种状况中，一年一年地增加起来了。

楼上的布置，和普通的应接所一样。厅正中靠壁安放着一张炕床，床前安放着一只圆几。两旁排列着太师椅，茶几。

之菲和秋叶都把西装解除，各自穿着一件白色的内衣。洗了脸，食了面后，他们便和刘老板商议这一回的事应该怎样办。刘老板说：

"三——少爷——我，我想你以后——还是不要再干这些事体好——我，我们这，这个地方没有大风水，产生不出大伟人！现在——这些工——农军坏——坏极了！这——次入到这——S埠后，几天还没有——出榜安民！唉！唉！这——怎样——对——对呢?!"他很诚恳地谆告着之菲，继续说：这——次的军队没有抢——还算好！那些——手车夫——可就该死了！什么——放，放火——打劫，他们都干——现在统——跑避——一空了！唉！做事——不从艰难困苦中——熬炼出来——这，这那里对呢！革——革命军，这——这一斤值几个钱？第一要——要安民——不——不——扰民。王者之——师，秋毫无——犯！将来成大事的——我——我想还要等到——真——真主出来！这回么，你们两——位，算是上了——人家的大当，以后——还是做——做生意好。做生意——比较——总安稳——些！我劝你们还——是改变方——方向，不再干那些——才好！现在——红军白军俱走，你们逃走——要乘这——这个机会逃走比较容易！我叫——叫伙计去替——替你们问问，今天有船到上——到上海去没有。如若——有上海船时——最好还是即——即时搭船时——上海去！"他说罢，即叫一个伙计去探问船期，并问之菲和秋叶的意思怎样，他们当然赞成。

过了一忽，伙计回来报告说没船。之菲便向天泰老板说："在这S埠等候轮船，说不定要等三两天才有。在这三两天中，有许多危险！我想和秋叶兄暂时回到A地去躲避几天！这儿有船到上海时便请你通知小侄，以便即日赶到。这个办法好吗？"

"好——好的，你们先到乡中去躲——避几天也——也好！"刘老板说。

这店的露台上，一盆在艳阳下的荷花在舒笑；耳畔时闻一两声小鸟的清唱，点缀出人间无限闲静。便在这种情境中，之菲和秋叶把行李暂时寄存在这店里，各人仅穿着一件短衫，抱着烦乱，惊恐，忧闷的心绪和刘老板揖别。

三〇

在一间简朴的农村住室里面，室内光线黑暗，白昼犹昏。地上没有铺砖，没有用灰砂涂面，只是铺着一种沉黑色的踏平着的土壤。楼上没有楼板，只用些零乱的木材纵横堆砌着；因此在屋瓦间坠下来的砂尘都堆积在地上的两只老大的旧榻上。这两只旧榻，各靠着一面墙相对地安置着，室中间因此仅剩着两尺来宽的地方做通路。

在这两榻相对的向后壁这一端，有一只积满尘埃的书桌。桌上除油垢，零乱的纸片，两枝旱烟筒外，便是一只光线十分微弱的火油灯燃亮着。

在这里居住着的是一个年纪七十余岁的老人，他的须发苍白，声音微弱。他的颓老的样子和这旧屋相对照，造成一种惨淡的，岑寂的局面。他是之菲的伯父。之菲的住家，和他这儿同在一条巷上，仅隔了几步远。之菲和秋叶这次一同由 S 埠逃回来，家中因为没有适当的地方安置秋叶，便让他在这旧屋里暂时住宿。

他回到 A 地来已是几天了。这时之菲正和秋叶在这室里对着黯淡的灯光，吸着旱烟筒在谈着。

"我真悲惨啊！"之菲眼里满包着眼泪说。"我的父亲无论如何总不能谅解我！他镇日向我发牢骚！他又不大喜欢骂我，他喜欢的是冷嘲热讽！我真觉得难受啊！"

"你的家庭黑暗的程度可算是第一的了！你的父亲糟蹋你的程度，也可算是第一的了！前晚你在你自己的房里读诗时，他在这儿向我说，'这时候，谋生之术半点学不到，还在读诗，真是开心呀！读诗？难道读诗可以读出什么本事来么？哼！'我那时候不能答一词，心里很替你难过！"秋叶答，他很替他抱着不平的样子。

"我承认我是个弱者。我见到父亲，我便想极力和他妥协。譬如他说我写的字笔划写得太瘦，没有福气，我便竭力写肥一点以求他的欢心。他说我读书时声音太悲哀，我便竭力读欢乐些以求他的欢心。他说我生得太瘦削，短命相，我便弄尽方法求肥胖，以求他的欢心。但，我的努力总归无效，我所能得到的终是他的憎恶！别人憎恶我，我不觉得难过。只是我的父亲憎恶我，我才觉得有彻心之痛！唉！此生何术能够得回我的父亲的欢心呢！"之菲说，他满腔的热泪已是忍不住地迸出来了。

"之菲！之菲！……"这是他的父亲在巷上呼唤他的声音。他心中一震，拭干着眼泪走上前去见他。

他的父亲这时穿着蓝布长衫，紧蹙的双眉，表示出恨而且怒。之菲立在他眼前如待审判的样子，头也不敢抬起来。

"你终日唉声叹气，这是什么道理！"他的父亲叱着。

"我不尝唉声叹气，"之菲嗫嚅着说。

"你还敢辩，你刚才不是在叹气吗？"他的父亲声音愈加严厉地叱着。

"孩儿一时想起一事无成，心中觉得很苦！"之菲一字一泪地说。

"很苦？你很苦吗？哼！哼！你怎样敢觉得苦起来？你的牛马般的父亲，拚命培植你读书，读大学，为你讨老婆！你还觉得不满足吗？你还觉得苦吗？你苦！你觉得很苦吗！唉！唉！你看这种风水衰不衰，生了一个孩子，这样地培植他，他还说他苦！哼！哼！"

"我并不是不知父亲很苦，但孩儿也委实有孩儿的苦处！"之菲分辩着说。

这句话愈加激动他父亲的恼怒，他咆哮着。他气急败坏地说：

"你！你想和我作对吗？你想气死父亲吗？你！负心贼！猪狗禽兽！你！可恶！可恨！"他说完拿着一杆扫帚的柄向他掷去！

"父亲！不要生气！这都是孩儿不是！孩儿不敢忤逆你呢！"之菲哭诉着，走入房里去。

他的父亲在门外叫骂了一会，恰好他的母亲在外面回来把他劝了一会，这个风潮才渐归平息。

之菲不敢出声地在他的卧房内抽咽着。他觉得心如刀剐！由足心至脑顶，统觉得耻辱，凄凉，受屈，含冤。他咬着唇，嚼着舌，把头埋在被窝里。过去的一切悲苦的往事，都溢上他的心头来。他诅咒着他的生命。他觉得死是十分甜蜜的。他痛恨这一两年来，参加革命运动，真是殊可不必。

"唉！人生根本是值不得顾惜！为父亲的都要向他的儿子践踏！父亲以外的人更难望其有几分真心了！"他这样想着，越发觉得无味。

过了几点钟以后，他胡乱的吃过晚餐，便又走回到自己的房里文胡思乱想一回。这时，他的妻含笑地走入房里来，把一封从 T 县转来的信交给他说："你的爱人写信来给你了！信面署着黄曼曼女士的名字呢。"

纤英在家本来是不识字的。嫁后之菲用几个月的工夫教她，她居然能够认识一些粗浅的字。上次他回家时，曼曼从 T 县给之菲的十几封信，她封封都看过。看不懂的字，便硬要之菲教她。信中所含的意义，她虽然不大明白，但在她的想象里，一个女人写信给一个男人，除了钟情以外，必无别话可说。因此她便断定曼曼是之菲的情人。

"是朋友，不是情人！"之菲也笑着，接过那封软红色的信封一看。上面写着 S 埠 T 县××街××店沈尊圣先生收转沈之菲哥哥亲启，妹曼曼托。他情不自禁地把那浅红色的信封拿到唇边，吻了几吻，心儿只是在跳着。他轻轻地用剪刀把信封珍重地剪开，含笑地在灯光下读着。那封信是这样写着：

　　菲哥！亲爱的菲哥！我的又是不得不爱，又是不得不恨的菲哥啊！唉！唉！在秋雨淋泠的夜晚，在素月照着无眠的深宵，在孤灯不明，卷帷欲绝的梦醒时节，我是不得不想念着你。想念着你，又是不得不流着眼泪，又是不得不心痛啊！唉！唉！别久离远的菲哥啊！别久离远的菲哥啊！……

这时候，咳！这时候我正流落着在藏污纳垢的北京！这北京，咳！这落叶满阶，茂草没胫的旧皇宫所在地的北京！这儿的思想界的腐旧，龌龊，落后，也正和斜阳下返光映射的旧宫里面的断井，颓垣一样，只足令人流下几滴凭吊的眼泪，并没有半丝儿振兴的气象！咳！在这儿，在这儿，我日间只得拖着几部讲义到造成奴性的大本营的×大学去念书，晚间只得回到我的和监狱一样的寓所里去睡觉。咳！在这儿，在这儿，我一方面饥寒交迫，每餐吃饭的钱都要忍辱向相识的同乡人乞贷，一方面要避开政治上的压迫，和登徒子们的进攻。咳！说到这般登徒子，才是令人又是可恨，又是可笑呢！他们都是向我说你是个有妻有子的人，不应该再和我恋爱！又说你是个被政府通缉的罪人，生死存亡，尚未可必，我尤不宜和你恋爱！他们的说活，都是有目的，有作用的；这真是令我又是厌恶，又是痛恨！唉！唉！在这样恶劣的环境里面我怎能不想念着你！想念着你，我又怎能不流着眼泪！怎能不心痛呢！唉！唉！别久离远的菲哥啊！别久离远的菲哥啊！……

菲哥！亲爱的菲哥！我的又是不得不爱，又是不得不恨的菲哥啊！在这菡萏香消，翠叶凋残，西风愁起，绿波无色的深秋的日暮，我躺在我的病榻里，不禁流着泪的思量着我俩的往事。咳！忍心的哥哥！你怎么自到海外后连只字都不寄给我！我寄给你的信，前后三四十封，你怎么连只字也不肯答复我呢？！咳！狠心的哥哥！唉！唉！你要知道我自从和你别后是多么凄惨吗？……唉！我便在这儿详细地告诉你吧！

三月二十九日那天在×车站和你握别后，我的心中只是觉得惘然，凄然，如有所失！到家后，母亲抱着我只是哭，我亦觉得十分酸楚，不能自己地倒在她怀里抽咽！以后，我便天天过着洒泪的生活，在C城时和你那般亲热！日同玩，夜同眠的那种甜蜜的回忆，只增加我的日间哭泣，夜里失眠的材料。

你的父亲！咳！我不知道你为什么有这样的一个父亲呢！在我回家的第三日，我终于抱着一种惶恐的，疑惑的心理去和他相见。我恳求他带我一起到A地找你，他老不客气地把我拒绝，并且向我说着一些我无论如何也不愿意听的说话！"现在的世界坏极了！女子不能够谨守深闺，偏要到各处找男人一起玩！哼！"咳！菲哥！你一定可以想象到当我听到这几句说话的时候是怎样羞耻和伤心呀！

又是过了两天，我接着你从A地寄给我的一封信，那是使我多么安慰啊！我把它情不自禁地吻了又吻！晚上睡觉时，我把它贴肉地放在我的怀上！只这样，便的确地安慰了我几分梦魂儿的寂寞！……

可是，我的家庭中又是发生问题了！我的母亲天天逼着我去和我的旧未婚夫要好；他也嬉皮笑脸地日日到我家中来讨好！我天天只是哭着，寻死！不搭理他们！后来母亲觉得有些不忍了，才停止她的挟逼。他也不敢再到我的家中来了。咳！哥哥！亲爱的菲哥！为着你，我是受着怎样的痛苦啊！……

在这个时候，你差不多天天都写信给我，要我到你的家里去。我也时时刻刻想到你的家里去；但因为我又不认识路，又恐怕到你的家里去时，我是个剪了头发的女人，很会惹到乡下人的大惊小怪，这于你的踪迹的秘密是有大大的妨害的！因为此，我终于没有到你的家中去，直到你仓皇出走的那一天。

唉！唉！你仓皇出走的那一天！你仓皇出走的那一天！你仓皇出走的那一天！是多么令我感到凄凉和绝望哟，当你把这个消息递来给我的时候！我那时候，一方面固然体谅你仓皇出走的苦楚；一方面我却十分怨恨你的寡情！"你为什么不带我一起逃走呢？你为什么撇下我一个人孤零零在政治环境险恶不过的 T 县呢?!"我那时老是这样想着。……

又是一月过去了，我在家中镇日哭泣，恹恹成病。我的姊姊刚从北京××女子大学放暑假回家；她见我这么悲观，天天都在劝解我，带我到各处去游玩。咳！她那里知道我的心事呢？……

唉！哥哥！我的亲爱的菲哥！真是"春蚕到死丝方尽，蜡炬成灰泪始干！"有时，我很想冷静些，想把理性提高，把情感压制一下。但，当我想到你的象音乐一般的声音，你的又是和蔼，又是有诗趣的表情，你的一双灵活而特别带着一种文学情调的眼睛，你的高爽的胸襟，你的温柔的情性……我觉得陶醉！我觉得凄迷！唉！亲爱的哥哥，我的眼泪怎得不为你而洒?!我的心怎得不为你而痛呢?!……

六月初八的时候，我听从我的姊姊的诱劝，预备和她一起到北京升学去。升学虽然是无聊，但我想离开家庭到外方游赏一回或许可以减少我的伤感。但，当我们从 S 埠坐着轮船到上海时，我又大大地失望和伤感起来了。我在轮船里面，不禁终日啜泣！当我在甲板上望着一碧无限的苍天和了无边际的大海时，我只是觉得一阵一阵心痛。我想起和我的在南洋流浪着的菲哥，将因这次的旅行一天一天的距离远了！相见的机会亦将因此益加困难了！唉！唉！

亲爱菲哥！在那黑浪压天，机声似哭的轮船里面，我那得不想起你，想起你我又那得不洒着眼泪，不为你心痛呢?！……

六月十五日，我安抵北京了，我和我的姊姊住在一处。我的姊姊有了一个未婚夫，他也和姊姊住在一处。他家里有了不少的钱，我的二姊读书费用是由他供给的。我初到北京时，也在他那儿用了三二十元。唉！过了几天，我才知道他原来是个混蛋！他和我的姊姊感情很不好；我初到北京时，他对我还带着一种假面具，所以待我还不错。后来，我时常攻击他，他便索性撕开假面具，把我压迫得很厉害。他本来是答应帮助我读大学的，这时候，他对我更是一毛不拔。唉！金钱的罪恶！资本社会的罪恶！哥哥！亲爱的菲哥！唉！想到这一层，我真觉得非即刻跑到你的身边去，去和你同干着出生入死的革命不可！但，忍心的哥哥！你怎么出走时，不设法带我一起去！你怎么出走后连信也不寄给我一封呢？咳！狠心的哥哥！……

又是一月过去了，我忍着耻辱向着几个同乡人借贷，暂时地得以维持生活。同时，我为消遣无聊的岁月计，便考进××大学念书去。唉！哥哥！亲爱的菲哥！这儿的大学，才真叫人失望；这儿的大学生，才真叫人可鄙呢！这儿的大学的一切制度都很腐败；充教职员的，都是一些昏庸老朽的坏东西！这儿的学生，除少数外，都是很落后的；他们都在希望做官！我在这儿的大学念书，除觉得厌恶，失望，无聊外，尚有一些儿什么意义呢？"这是养成奴性的大本营！"我时常这样想着。

菲哥！亲爱的菲哥！这儿的男学生才可笑呢！他们对待女学生的态度很特别！我们的××大学，合共只有四个女生！当我们上课时，总有一千对惊奇的，不含好意的眼睛把我们盯视着！唉！这有什么意思呢？唉！

还有呢！他们这班坏东西，偷偷地对着女性的进攻真是来的太厉害！他们真是把恋爱这回事弄得莫名其妙！他们和一个女性才开始相识，便拼命进攻；过几天，他们便以为已经是恋爱起来了！唉！这班混蛋真是讨厌！我受他们的气，委实是不少！菲哥，亲爱的菲哥！你看这儿的环境是多么布满乌烟瘴气啊！咳！在这样恶劣的环境下的我，怎能不回忆到我们俩在革命发祥地的C城的那段光明璀璨的浪漫史！想到那段光明璀璨的浪漫史，又怎的不令我想念着你！想念着你，又怎的不令我心伤泪落呢？唉！我的别久离远的菲哥啊！我的别久离远的菲哥啊！……

现在已经是深秋的时候了！唉！唉！在这万里飘零，异乡作客的孤单单的情况中，在这世态炎凉，人心险恶的无依无靠的状态下，在雨声敲着枣子树的深更，在月影儿窥到我的帷帐的午夜，我凄凉，我痛哭！我怎能不忆起我的哥哥！我的又是不得不爱，又是不得不恨的菲哥啊！……

听说你到上海后，住不到一个月，又是回到A地去！你回到S埠去，当然是去干革命的，这我是很佩服的！但，你为什么又要回到A地去呢？这真是使我觉得异常愤恨。唉！唉！菲哥，你一方面和我有了婚约，一方面又恋着旧妻，这是什么办法？唉！我真是——唉！上你的当了！……

菲哥！亲爱的菲哥！从速离开你的腐败的家庭！从速起着家庭革命！不要再在那黑暗的，误解的，无恩义的，以儿子为畜类的旧家庭中滞留着！快到北京来看你的可怜的妹妹吧！你的可怜的妹妹！唉！你的可怜的妹妹，恐怕再也活不出今年了！她是这样的悲观，消极，惨不欲生！

自从她觉得已经被你摈弃之后！唉！唉！……

　　或许，和你相见后，能够得到一线生机！唉！亲爱的菲哥！我的又是不得不爱，又是不得不恨的菲哥！在这样寂静得怕人的深秋的午夜，我一面觉得受到死神的挟逼，一面又在洗泪泣血望着你之来临！……

　　我一面又在洗泪泣血望着你之来临！唉！最亲爱的哥哥！我知道你决不是一个寡情的人，你的连一封信都不寄给我，和不答复我的一个字儿，我想你一定也有你的苦衷。或许是因为你萍踪莫定？我寄给你的信，你家中无由转交。或许是你的家中恐怕我俩通信太多，故意把我寄给你的信统统毁灭，你寄给我的信，或许也是由我的家中将它们全数扣留，不转来北京给我。唉！要是这样，要是这样，我真是错怨了我的最亲爱的哥哥了！……

　　你的回到 A 地去，大概也是因为政治环境上的关系吧！我相信你不是喜欢和你的旧妻在一处的人！唉！菲哥！那我也是错怨了你呢！你一定要说，你在革命上完全失败之后，又要受到你的爱人的误解和诅咒！你一定要因此而失望，而伤感起来了！唉！亲爱的哥哥！你如果真是这样，那真是我的罪过啊！……亲爱的哥哥！快赶到北京来吧！我将把你紧紧地搂抱着，流着泪抚着你半年来为失败而留下的周身的瘢痕。你也将和我接一个长时间的热吻，以慰安我的半年来的被压损的心灵。唉！菲哥！最亲爱的菲哥！我是怎样地急切在盼望着你之来临！我是怎样地急切在盼望着你之来临！唉！唉！……

　　菲哥！你还记起吗？我想你无论如何是不能忘记的！我们俩在 C 城时合影的那张手儿相携，唇儿相亲的相片，你还记起吗？我想你无论如何是不能忘记的！唉！唉！在 C 城的我俩，在影相里面的我俩！我现在一面在写信给你，一面在把这张相片呆呆地细看。唉！唉！亲爱的哥哥！我怎的能够不想念着你！想念着你，我怎的又能够不为你心伤泪落呢?！……

唉！菲哥！你亲笔题在这张相片上的几句话，你大概是不至于忘记的吧！不！我想你一定是不至于忘记的！唉！让我在这儿再抄录出来给你一看！你在这张相片上写的是：

在革命的战线上，

我们都是头一列的好战士！

在生命的途程中，

我们都是不断的创造者！

让我们永远地团结着吧！

永远地前进着吧！

牺牲着我们的生命！

去为着人类寻求着永远的光明！

唉！菲哥！亲爱的菲哥！我直至这时候，念着你这几句说话，心尚为你热，血尚为你沸，泪尚为你洗！我想你大概不至于忘记吧！不！我想你决不至于把这样庄重严肃的说话亦忘记了的！唉！亲爱的菲哥！别久离远的菲哥啊！亲爱的菲哥！别久离远的菲哥啊！我在这儿，洗泪泣血盼望你早日之来临！盼望你早日之来临呢！……

菲哥！家于我何有？国于我何有？社会于我何有？我所爱的惟有革命事业和我的哥哥！哥哥！从速离开你的腐败的家庭，到我的身边来吧！唉！亲爱的哥哥！让我们永远地手携着手，干着革命去吧！……

祝你健康！

你的妹妹曼曼

　　坐在灯下看着这封信的之菲，这时心中十分感动，双眼满包着热泪！他下意识地不住念着："家于我何有？国于我何有？社会于我何有？我所爱的惟有革命事业和我的哥哥！"

　　这时候，在他面前的，显然分出两条大路来。一条是黑暗的，污秽的，不康健的，到灭亡的路去的！一条是光明的。伟大的，美丽的，到积极奋斗，积极求生的路去的！他脸上溢出一点笑容，他最后的决心，似乎因他的情人这封信愈加决定了！他站起身来，挺直腰子，展开胸脯，昂着头，把那几句题在相片上面的诗句，象须生一样的腔调，唱了又唱。坐在他身旁的纤英只是觉得莫名其妙，看见他在笑着，她也笑了。……

　　明天的清晨，他和王秋叶把行装弄清楚了，悄悄地离开他的家庭，再上他的流亡的征途去！……

在木筏上

  约莫是夏天的季候，在日光象熔炉里的火舌一样灼热，船头上有一些白烟在升腾着的一天，我被一只小艇载到 M 河岸边，在 B 京对面的这木筏上面来。这时我被几个同乡的农民惊异地接待着了。

  "呀，得源，你来？"他们都睁大着眼睛在凝视着我，先由黑米叔伸出他的粗大的臂膀，把我从小艇上挽起来，一若我是一个小孩子似的。

  "得源！"我的堂兄旭高从艇上替我拿起那破旧的包裹——那被挟在他的胁下显出异常的细小——脸上挂着疑信兼半的笑容。他的心里头似乎在说："你怎样也会到这儿来呢？"

  跟着是"得源兄！得源叔！得源！"这名字在这木筏上响了一回，竖弓，妹子，亚木，粗狗次第都各叫着我一声。

  "得源叔，这破市篮！啊！"亚木现出感慨的态度，闪动着他的眼皮上有了疤痕的眼睛，从我的肘上把我的市篮抢下，丢进一个角落里面去。

  他们的这种亲热的表情，使我周身感觉到暖和，使我登时忘记了数万里长途飘泊的疲乏。同时，我一样地是为他们所惊异，我怎样也想不出他们为什么不好好地在乡中耕田，偏要到这儿来干什么呀。

"啊！你们都来？干什么勾当呢？"我劈头便是这一句。

他们都哑默着，有的脸上挂着苦笑，只有鲁莽的旭高睁大着他的带血的眼睛，用着愤怒似的口气说："来？不来这里，到那里去呢？"

亚木解释着说："得源兄，乡中真是支离破碎呀！又水旱，又怕匪乱！……"

粗狗插着嘴说："不到这儿来便要饿死了！"

这时候，筏上的老板，爽聘，他是个年纪三十余岁，面部有如放大的泥人一般的我的同乡，在柜头旁边带着忙碌不过的态度站起身来向着我说："来呀？得源。"跟着，脸上带着苦容——怕麻烦又怕碰到事情来的苦容——便又坐下去记着他的账了。

木筏面水这边有许多筐咸鱼，里边有了许多很大袋的一袋一袋的东西。楼板擦得很是光滑，河里面的水影跟着日影一道跑进来在这地板上面跳跃着。

……

住在这木筏上以后，我和他们算是度了同样的生活，他们的脾气和性格我愈加懂得多一点，我的心便愈加和他们结合起来了。这木筏象一个大鸟笼似的，它把我们从偌大的世界中攫取来关在它的里面，好像我们是不适宜于在这鸟笼外面生存似的。同时象关在笼里面的鸟喜欢叫着一般，我们彼此间都喜欢说话。真的，在这样的时候，我们彼此间觉得说说话，发发脾气是差不多和吃饭一样的重要啊。

这天我们照例又是谈起话来，门外下着大雨，屋背的木板（全屋都是用木板筑成的）用着全力在抵抗着那粗暴而且激怒的雨点，这发出一种又复杂，又合一，又悲壮，又苍凉的声音来。从窗外望出去，M河迷蒙着，浪花掺杂着雨点，白茫茫混成一片，这是多么有趣的景色啊。但受到这种声音的激动的怕只有我一个人，他们的脸上的表情都丝毫也没有改变的，我知道他们从小就被残酷的实生活所压损，再没有闲情来领略这大自然的美丽啊。在他们以为下了大雨天气便会凉些，那便是一切了。但，这倒没有什么关系，因为我们彼此间实有了共通之点，那便是同是离乡别井的流浪者，同是在人篱下的寄食者，因此我们彼此间总觉得异常亲热，谈话的时候，也特别谈得痛快些了。

我们彼此拥挤地坐在这木筏上的后房，（我们晚上便都在这里睡觉的；这儿没有蚊子，晚上只躺在地板上便够，用不着睡具。）旭高望着我们说，"数一数寄回家去的'番批'！"他的态度似滑稽又似庄严，似快乐又似悲伤。他的枣色的脸孔上近唇边的一粒黑痣上的毛，跟着他的唇在移动着，这好像是在戏谑着这说话的主人公似的。

"'臭虎'！天天在数着'番批'，不怕激怒你的老子吗？你这'臭虎'！"黑米叔用着手掌批着他的屁股，在他的身边蹲下去，看着他的"番批"。他的面孔几乎象"吉宁人"一样黑，身材比较细小而坚实。

"没有钱寄回去，数一数'番批'开开心！"旭高用着解释的神气说，把他的两只手捧着"番批"在念着。"……兹寄去大洋 XX 元，以为家中之用……"

"'臭虎'！不要念吧！"竖弓尖着他的嘴唇，半恳求半阻止地走上前去抢着他的"番批"。"我们连'平安批'都还没有寄一张回家去啊！"

"唉！我已经不知多久没有寄钱回家去了！……"黑米叔怅然地从旭高身边退下，坐到地板上去。他的黑漆有光的眼睛似乎微微地湿了，但他这回的态度却变成更加愤怒了。他磨着他的牙齿，圆睁着他的眼睛，欹扬着他的头说："'你妈给我×的'，赚几个'臭钱'，这么辛苦！……"

大家见他这样动气和伤心都沉默了，他却作着冷笑说：

"我不信，我这个人连老婆和儿子都养活不起！他们那些发了财的'×母'，哪一个强似我啊？他们有什么鸟本事呢！……"

"你，你没有他们那么好的命运呢！"旭高照旧蹲踞着，安静地说，他的表情看不出是在安慰他，还是在嘲笑他。

"命运！鸟命运！为什么他们有好命运！我们便没有好命运呢！"黑米叔用着鸣不平的口气说，他的周身的坚强的筋肉都似乎在替这位主人抱着不平。

原来旭高和黑米叔到这 B 埠来，差不多都已经快一年了，他们自从上次从"山巴"内面"行船"回来以后，便没有事做，在这木筏上做"寄食者"也已经快一个月了。旭高的年纪比我大五岁——三十岁——身材却比我高大了差不多一倍。他自小就没有父亲，他的母亲有了四五亩田园。旭高十二岁至十五岁是我的私塾同学，那时他很顽皮，最喜欢乘"塾师先生"睡去，在他的辫子上结着一只用纸画成的大龟。往后，他没有读书了，他很喜欢在晚上到邻乡去看看社戏，同时喜欢在戏台前和人家打架。约莫二十三四岁的时候，他讨了一个老婆，从此以后他便很肯努力着田园上的工作。但天知道那是为什么缘故，他的田园一年一年地变成完全为课税和捐款之用，而且渐渐地被富人们收买完了。最后，他只得抛弃了他的瞎了眼睛的母亲，和离别了两个突突然的乳头的老婆跑到这 B 埠来。据他自己说，他是想拿着锄头到 B 埠来发掘金矿的。然而他自到南洋以来，所度的只是一种矿坑下的生活，金子却不知道到那里发掘去呢？他一到 B 埠时，开始便在这木筏上"寄食"，往后他便替这筏"行船"到"山巴"里面去——载着这筏上的槟榔，辣椒，蔗糖，咸鱼，烟，茶等等到内地和土人交换米谷去。做这种生意是不容易的，有许多人白白地被土人杀死了呢。做着这种生意本来是全然为着这筏卖死力的，赚来的钱，是归这筏主人的，他只可以得到很少的工钱。但当没有"行船"的时候，他只得又在这木筏上"寄食"，因此这木筏的主人，居然又是他的恩主了！

黑米叔年纪约莫四十岁了，我在儿童的时候觉得他似乎很高，现在站起身来，他却比我矮了一个拳头了。他的妻年轻的时候是被称为美人的，我在差不多十岁的时候，时常看见她的两只眼睛在暗室里发光。现在呢，我已经许久不回家去了，不知道他的夫人变得怎样；但我想无论如何，黑米叔之离开家庭一定不是出于自己愿意的，因为他差不多天天都在记念着她啊！他自小便在替别人家耕田，等到禾谷成熟的时候，一担一担地挑到人家的家里去，他自己却时常没有饭吃。到B埠以后，他和旭高一道在"行船"，——这便是他为什么把面孔晒得那么黑的缘故——同依着这筏主以为活！（这筏主是他的堂侄，但"臭钱"使他的堂侄变成了他的恩主！这恩主给他很多苦工做，但给他很少很少的工钱！）

这时坐在黑米叔对面的亚木深深地被黑米叔所感动着了，他睁大着他的忧愁的眼睛，张着粗厚的嘴唇忠厚地说："黑米叔，黑米婶在家很凄惨呢！她现在是每餐都要到邻家借柴借米呀，她天天在咒骂你，说你负心呢！她说你一定在外面讨小老婆！忘记了她了！但是你的儿子都很乖，我向他们说，'你们的爸爸到哪里去了？'他们都向着我答，'到番邦赚钱去哩！'……"

黑米叔摇着头说："这也很难怪她在咒骂着我呀！……"以下他便说不下去，他的声音哽咽着了。

旭高这回却气愤起来，他用力在竖弓的肩上打了一下，借以加强他的说话的语气说："狗种呀，做劫贼去吧！"

跟着他从他的衣袋里抽出一条指头般大小的木条，顶端扎着一束红丝线，很神秘地说："这是很灵验的'Kown'头，不怕刀枪的！"说过后，他又是很神秘地把它拿到唇边呵了一口气，迅速地拿到头上打了几个旋转，于是神气十足地把它收藏起来了。

"'臭虎'！值得这样贵重，这又比不上'番批'呀！"竖弓俏皮地在把这巫术者讽刺着，他的两颊很肥，颜色又很赤，所以看起来倒象是庙里的红面菩萨一般！

"比不上'番批'，比不上'番批'！你这'狗种'不知道这儿赚钱艰难，要来这儿'×母'吗？依我说，你这'臭媠屎人'还是在家里'咬虱'好！"旭高叱着他，用着拳头向他恫吓着。

"你在讲屁话！家中有饭吃，谁个喜欢到这里来寻死！"竖弓反抗地说，他的眼睛完全变成白色了。"旧年做了两回'大水'，今年旱了半年，一切'收成'都没有，官厅只知道'落乡'逼'完粮'，完到民国二十四年，又来逼收惩匪捐，缓缴几天便会……臭虎！看你说嘴！便是你在乡中，你可抵得住吗？臭虎你啊！"

"真是哩！……竖弓，亚木，妹子和我都因为……才不顾死活便逃到这里哩！"粗狗用着和平的口吻赞同着说，他把他的巨大的头点了又点，象要借此去感化着旭高似的。

"你们为什么不替他们对打起仗来呢！你们这些臭虎！"旭高暴躁地说，他弓起他的有力的臂膀，睁着他的血色的眼睛，似乎觉得对于打仗是万分有把握的样子。过一会，他却自己嘲笑着自己似的，大声地笑将起来了。

这时候，大家都沉默着，雨却依旧在下着，而且似乎下得更大了。但这回我再也不会把我的头伸出窗外去看一看江景了。他们的说话震动我的灵魂，那气势是比这狂暴的雨点更加有力些！他们一个个的家境我通是很明白的。他们都是在过着牛马似的生活。他们的骨子里的膏髓都被社会上的吸血鬼吸去。他们的全部的劳力都归于徒然，他们的祖先，他们的父亲，他们自己，甚至于将来的他们的儿子！……

亚木，妹子，竖弓，粗狗，都是和我住得很近，在乡村间。亚木的母亲是个聋耳朵的老寡妇，她的职业是，不计早晚，手上拿着"猪屎篮"和"屎耙"到各处耙起"猪屎"——这可以做肥田料之用，可以把它卖给耕田的人的。亚木自小便很孝顺他的母亲，提着小"猪屎篮"和小"屎耙"跟着他的母亲到各处去耙起猪粪。在乡中的时候，我们替他起了一个混号叫"猪屎"的。妹子是我的堂侄，他的父亲喜欢喝酒和抽鸦片，把全家弄得支离破散，——他卖了两个儿子，剩下的两个，较大的在邻乡（行船），小的这个便是妹子自己了。——但照他自己的解释，他便是不喝酒和不抽鸦片烟对于家计也是没有办法的。他能够举出许多例来证明许多许多的没有喝酒和抽鸦片的人也和他一样穷。竖弓的父亲已经死去了许久了，他也是一个出名的红面菩萨。粗狗的父亲和母亲都很忠厚，粗狗也很忠厚，因为他自小头发便有几条是白的，所以人家都叫他做"粗狗"——照我的乡下人的解释，粗狗这名字，是指杂而不纯之意。

静默在我们中间展开着，我们似乎都变成了化石。骤然间，黑米叔用着刚从梦中醒来的神气说："得源，你为什么愿意去干着那样的事体呢？不是阿叔想沾你的光，你读了这么多的书，大学也毕业了，本事也大了，要多赚一些钱寄回家去才好呀！你的父母都是穷光蛋，你要知道穷人是不易过活的啊！"他这时从他的耳朵上拿下来一粒药丸似的乌烟在他的牙齿上磨擦着，态度很是仁慈。

"对呀！得源！你连大学也毕业了，为什么不去做官呢？"旭高张着疑问眼睛望着我，但他的态度却显出异样的孩子气，好像害怕他这句话或许会说错了似的。

这回妹子也说话了，他似乎在守候了很久，直至这时才得到这说话的机会似的。他的年纪约莫二十岁，身体很不健康，两只眼睛无论怎样出力睁着也睁不大开。"得源叔，老婶天天在家中捶胸顿足地啼哭，她要老叔到外面来把你找回去哩！她每回听见城市上拿了学堂生或是自由女去'找铳'的时候，她便哭着向老叔要儿子！她差不多完全发疯了！得源叔，我这回从唐山到这儿来，她千叮咛，万嘱咐，要我替她把你找个下落呢！……得源叔，依我的说话，你还是偷偷地跑回去一下好呢。"妹子说得怪伤心了，他出力地张一张他的疲乏的眼皮，定定地望着我。

亚木，粗狗，竖弓，都在替我伤心，他们都亲眼看见我的母亲的疯疯癫癫的形状，听见她的疯疯癫癫的说话。他们都不约而同地向着我说："对呀，你应该回去一下呀！"

也许我是太伤心了，我只是咬紧我的嘴唇，把我的沉重的头安放在我的手肘上，一句话也说不出来。实在呢，我不知道要怎样置答才好。我的心里头的话是太多了，以至于挤塞着了，这反使我不容易把它们发表出来。我将向他们说出这个社会是怎样黑暗，现阶段的资本制度是怎样罪恶，他们为什么会那样受苦，而我为什么会去干着那样的事体吗？我将告诉他们说当这全体被压迫的兄弟们还没有家可归的时候，虽然我的母亲是疯了，我独个人回去是回不成功吗？这些问题是太复杂，不是一下子便可以讲明白的。所以，我对着他们只好摇着头。

加倍使我伤心地，是我看见我的侄子的那种疲乏的神情，要是有钱人，老早便应该被送到医院大大医治一下的，而他呢，连好好地在家里耕田还不能够，抱着病跑到这 B 埠来。同时呢，他似乎还不知道他自己的悲惨的命运，他还在替我伤心，这有什么话讲呢？于是，我不自觉地这样喊出来："妹子，我是不能够回去的！但是你打算怎样过活呢？你的身体是这样糟的！"

妹子显然是很受到感动了，他说："一连病了十几天，又没有钱医！家也回不成了！事体又找不到！……"

"便是回家去，难道你便有钱医病吗？死在'番邦'，死在'唐山'，不同样是死吗？不要害怕！臭虎！"旭高用着他的有力的手掌抓住了妹子的头发，摇了几下，便又放松了，于是狂笑着，这在他便算是对于同伴的细腻的安慰了。

妹子也惨笑着，躺下地板去，合着眼睛在睡着。

我沉默而又温柔地抚着他的背，这便是我所能够帮助他的一切了！

雨还是没有停止，河水增高了几尺了，但这不全然是为着雨，大半是为着潮涨的缘故。我们不高兴再去说起这种伤心的说话了。因为这样说得太多了时，对于我们似乎是一种莫大的耻辱。

"到外面洗身去吧！吁唅！"旭高忽而站起身来高喊着，从角落里拿起一条大浴巾来——这种大浴巾可以卷在头上做头巾，可以围在下身做"纱龙"，可以横在腰上做腰带各种用途的。

"'臭虎'！去便去！"黑米叔也站起身来，脸上挂着天真的笑容，把他刚才的忧愁全部都忘记了。

在 B 埠这儿，每天洗几次身，这是一种必要，而且是一种风俗。于是不顾雨是怎样下着，我们次第地都把衣衫脱光，围着大围巾，成行地走向筏外的步道上去。老板爽聘和平时一样地坐在柜头上，正和一个顾客在谈着话。他下意识用着怀疑的眼光在望着我，心里头是在说："看！你这个不成器的大学毕业生！"可是，我却旁若无人的跟着这队"寄食者"走出去。

筏外面的这步道也是由木板做成的，它的低级的十几级都浸在水里面，只有最高的两级还是现出水外来。这时候，这木筏的地板距离水面还不够一尺高，象即刻全部便都要沉入水中去似的。景象是美丽极了，雄壮极了，极目只有象欲坠下来的天空，象在水面上飘浮着的许多远远近近的树林，房屋和木筏，在河心与岸际跳跃着的许多小艇，艇上面有着周身发着油漆气味，口嚼着槟榔，蒌叶的土人，男的和女的，而这一切都笼罩着在粗暴而又雄健的雨点之中。

我们都欢跃着先后地跳下河里面来，急激的波浪把我们的躯体冲击着，剥夺着，压制着，但我们却时时刻刻地保持着把我们的头颅伸出水面之外。河流不能淹没我们，也正如悲哀不能淹没我们一样。

我们呼号着，叫喊着，把手掌痛击着浪花，我们藐视着这滔滔的河流，我们都暗暗地在赞颂着我们自己的雄健的身体。有着这，我们是能够把一切困难逐渐征服的啊！

黑米叔游水的姿势好像一只鸭，纡徐地，坚定地，自负地，浮向前面地。旭高显出象野马一样矮健，他时时腾跃起在各个浪头之上。他一面游泳着，一面高声唱着：

> "水里面的海龙王啊，
> 请把你的皇位让给你的老子！"

亚木弓起他的屁股来，好像看不起一切似的在用着滑稽的眼色看着我们。竖弓把他的两掌上的两个拇指放置到头顶上去，全身在蠕动着，象在爬着的虫一般。忽然间，粗狗游泳到他的身边去，不提防地碰撞了他一下。他便竖起头来，伸长着他的臂膀把粗狗连头盖面地压到水中去。但只一瞬间不知粗狗从他的下面怎样一拉，竖弓自己把头沉没到水中去，回时粗狗却高高地骑在他的身上，于是我们都大笑起来了。

同时，妹子因为身体不太好，只在步道旁边浸了一会，便先自起身去了。……

过了两个星期，这筏上的老板爽聘对待我们更加刻薄起来，甚至于时时把我们冷嘲热讽，说要是这样继续下去，不久他的生意便只好收歇了。我们都感觉这比一切的屈辱都要难受些，于是我们都愿意从这鸟笼飞到广大的世界外面去，虽然我们知道那也只是一种沉重的压逼。

在洪流中

　　村中满了洪水，官兵不容易到来，阿进的母亲觉得不十分担心，这几天她老人家的脸上可算是有点笑容了。本来是瘦得象一条鬼影的她，在她多骨的面孔上投上了一阵笑的光辉，反而觉得有点阴惨可怕。然而，这在阿进，总算是一种说不出来的安慰，因为他的母亲发笑的时候实在是太少啊。她在二十四岁那年，阿进的父亲给地主二老爹拿去知县衙门坐监，后来被说是土匪拿去砍头以后，一直到现在——她老人家已经是六十岁了——便很少发笑过。她寻常总是把牙齿咬着嘴唇，用着她的坚定而多虑的眼睛看着各件事物，表情总是很阴沉的。她很有一种力量——一种农妇特有的坚强不屈的力量——但这种力量最好像深沉的，表面却平静着的海水一般，很不容易被看出来的。用着这种力量，她以一个寡妇的资格，支持了三十多年的家计：水灾，旱灾，地主的剥削，官厅的压逼，都不能够磨折她。虽然，她是吃了许多苦头，但她很少啼喊过；而且这些苦头，只把她磨炼得象一具铜象，在各种险恶的浪潮中，她只是兀然不动呢。但这一回可不同了，她的儿子在象这样的社会上，又算是犯了所谓滔天的大罪了。

她真是不知道触到了什么霉头，二十多年前，她的丈夫被说是什么土匪砍了头；现在她的儿子又被说是什么农匪，无处栖身了。她没有读过书，不大知道土匪和农匪到底是作何解释，但是她彻骨地感觉到凡是被地主和官厅剥削得太厉害，敢于起来说几句话或者表示反对的便会被叫做土匪或农匪——这样的土匪和农匪便会被拿去砍头和"打靶"呢。

可是现在总算是不幸中的幸运，他的儿子刚从一个新近才被烧去的农村中逃回来，村中却好做了"大水"，这样一来，她老人家便觉得这滔滔的洪水，倒好像保护她的儿子的铁墙，再用不着什么害怕了。所以，这几天晚上，她老人家都睡得很熟呢。

这是六月的时候，白天间太阳光照射在一望无涯的洪水上面淡淡地腾上了一些轻烟。村里的居民都住在楼上，有的因为楼上也淹没了，甚至于住在屋脊上面。因为人类毕竟是喜欢空气和日光的动物，所以在各家的层脊上走来走去的人物特别来得多。在彼此距离不远的这屋脊和那层脊间总是架上了一些木板，借着这种交通的方法，各户的人家都可以往来自如的。此外，还有一些"木排"和"竹排"或近或远地在荡动的。年轻一点的农民，总喜欢坐着这些木排和竹排在传递着东西，或者到野外采取一些果实，捞取一些木薪，表情大都是很活泼而且充满着游戏的神气的。在象这样久久地埋没在地主和官厅的联合的逼压底下的农村，穷困的生活已经不能使他们骇怕，每一种临到他们头上的灾祸都不能怎样地使他们灰心丧气。在他们的眼里看起来，做"大水"诚然是苦的，但是没有做"大水"，他们也不会有更好一些的生活呀。

村外的甘蔗林和麻林，都探头探脑的在无涯的水面上颠摇着，好像是在叹着气似的。矮一点的禾稿，却老早便已淹没在水里面去了。比较有生气的，还是一些高大的树，和耸出空间的竹，它们似乎都是裹着它们的碧绿的衣裳在涉着水似的。天气格外凉些，鸡啼狗吠的声音也格外少了些，因而全村觉得静默了许多了。

夜间，星月的光辉，冷冷地照射在水面上，黑的阴影薄纱似的覆在各家的檐下和屋脊的侧面。天宇显出低了一些，洪水似乎挟着恶意，不久便要把它浸没了似的。

阿进的屋子的位置，刚在地主二老爹的华厦的后面。二老爹已经死了，二老爹的儿子也还是一位老爹，他在一个什么中学毕了业，老早便做了村中惟一的绅士。他的年纪还不到三十岁，已经留下了两撇胡子了，据说当绅士的有了胡子比较有威风些。这几天，小二老爹家里，不停歇地在弹奏着音乐，小二老爹的从城里买来的侍妾都在唱着怪腻腻的《十八摸》一类的曲调呢。小二老爹时常捻着他的稍为稀疏了一点的胡子，在尊敬他的一些农民中间说：

"做'大水'倒是一件好运气，大家都用不到做工，都可以享受一点闲福的。"

阿进家中的楼上已经有了尺来高的水，但他不敢到屋脊上跑走去。他没有这种权利。白天他老是坐在一只垫在凳子上的箱子上面，晚上他便睡在一块用绳子悬在梁上的尺来阔的木板上。每餐的饭都是由他的母亲从天窗爬到屋脊上面去弄的。碰到风雨的时候，简直不能造饭，他们便只好捱饿了。但这捱饿的事情在阿进的母亲眼里看起来，算不得什么一回事了。只要她的儿子平安，余外的都是不成问题的。

本来她是一个很有计算的人物，她时常在替阿进设想一个藏身的去处。有一回她说倘若官兵真个来了的时候，阿进最好是躲在角落里的那堆干稻草中，别一回她又说最好是藏匿在一个透了空气的大柜里面。后来她觉得这些都不妥，她便吩咐了几个和她要好的农妇，要她们替她留心，做她的耳目，倘若官兵坐着船从村前到来的时候，她们便该赶速来向她报告，预先把阿进藏到邻家去。

晚上在象豆一般大小的洋油灯下，人影巨人似的倒在楼上的水里。这里面除开一些悬在梁上的破布袋，一些零用的杂物，和一些叠在凳子上的衣箱而外，其余的都浸没在水中。藏豆的白铁罐被胀破了，不及拿走的火炉被浸溶了，忘记入水的水缸被撞破了，一樽洋油被打翻了，满满地浮在水面上。可是这些都不会惹起阿进的母亲的悲哀，她觉得即使没有那些，她仍然是可以生活下去的。她所最关心的，只有她的儿子阿进。差不多是成惯例，每晚她都幽幽地向着阿进说：

"儿啊！靠神天庇佑，平安便好了。现在的天年是'剥削人口'的天年呀。"呆呆地凝视着阿进，眼泪萦着她的眼睫，她会继续着说："儿呀！那些事情做也是做不了的。你的娘看来不中用了，家庭你是再也离不得的啊。"

在这样的时候，阿进觉得是最苦的。他宁愿他的母亲打他，或者骂他。本来从前读过几年私塾，这两年来又经过了训练的他，对于为什么要那么干的理由，是懂得很多的了，但是他总觉得很难用那些话头来说服他的母亲呢。他一看见她的眼泪，他的说话便滞涩起来了，虽然他能够在群众大会的会场上演说了一大篇。……

这天晚上，阿进的母亲在翻着衣箱，无意间翻到一两件她的丈夫剩下来的旧衣衫，呆呆地注视了一会之后，她便发狂似的挽着阿进的耳朵，喘着气说：

"……一家人看看都要这样死完了！……"跟着，她便把她的头埋在那两件旧衣里面，似乎欲把她的整个的躯体缓缓地钻进了去似的。

阿进咬着他的苍白的，薄薄的嘴唇，摇着他的细小的头颅，张翕着他的稀疏的眉毛，用着哭声说：

"母亲呀！……我是不会这样死的啊！"跟着，他温柔地在捶着他的母亲的腰。

这回，他的母亲却放声地哭出来了。她神志不清地紧抱着她的儿子，好像在抱着一个婴孩似的。"母亲，你要保重点！"阿进抚着他的母亲的灰白的头发。

阿进的母亲哭得更厉害了，她的儿子的温暖的说话使她全身心，全灵魂都融解在一种悲哀的快乐里。

"儿呀，我不允许你再到外面去的呀！"在这一刹那间，她感觉到她的儿子已经从茫茫的世界上，跑回到她的怀里来了。

刚在这个时候，从远一点的地方，沉沉地传来了一些枪炮声，阿进知道他们又在剿乡了，异常地悲愤。同时他的母亲亦听到了这些声音，她用着一种悲天悯人的态度说："儿呀！你听！这又是枪炮声！靠神天庇佑，平安便好了。现在的天年是'剥剥人口'的天年呀。……做'大水'还好些，官兵不容易来到！"

看来似乎是专在和这些农民作对似的，洪水不涨不退地一天天老是维持着原状。大家都恐慌起来了，许多人已经没有粮食了，虽然每天都有卖米的和卖食物的小生意人载着船到这里来。小二老爹依旧和他和侍妾，每天在唱着他们的《十八摸》，而且每餐都在吃着肥肥的猪肉。他还想出了一种救济邻人的办法，那便是只要有房屋和园田做担保的叔孙们都可以向他"生钱"，利息是连母带子，十日一叠。假如向他借一块钱，一个月不能还他，便是欠他两块。两个月便四块，三个月便八块了。

青年农民现在不大坐着"木排"和"竹排"到村外面去了，儿童们因为争吃食物而啼哭着的声音，和母亲们的尖锐的吵闹的声音混成一片。这使全村显出异常地惨淡，但这也只是惨淡而已，这些农民的心里头依旧不会惊慌，他们都相信这洪水不久便会退去，他们将依然可以生活下去。阿进的家里已经把最后的米都吃光了。他们每餐都在吃着"番薯"。

这日午间，阿进的母亲正蹲在屋脊的火炉边在炊着"番薯"的时候，瑞清嫂，连哭带骂地从对面的屋脊上踏着一条木板走过来。

"天追的！……捱饿又要捱打！……你看那'白虎'多么枭，一下一下地用脚尖踢着我的心肝头！……呃呃呃！"

在乡村间，妇人们啼啼哭哭，这是很平常的事情，因而这并不会特别惹起人家的注意的。当瑞清嫂走到阿进的母亲身边的时候，阿进的母亲用着安慰的口吻问着她说：

"瑞清嫂，为着什么事情呢？"

瑞清嫂坐在阿进的母亲的旁边，抽咽着说："什么事，那'白虎'打人是不用看日子的。老婶，你这里有跌打损伤的膏药吗？唉！我的心肝头有一巴掌大小都青肿起来了。"

"有怕有一块吧。我忘记丢在什么地方了。等下子，我去找一找吧。"阿进的母亲用着一种抚慰小孩的口吻说。

瑞清嫂是个阔面孔，躯体笨重的三十多岁的妇人。头顶上有了一块大大的疤痕，上面没有头发，只得用"乌烟"把它漆黑。这时她在火炉前面，帮着阿进的母亲把"菁骨"送到炉门里去。她似乎已经得到了不小的安慰似的，抽咽的声音渐渐低微些了，口里却还在喃喃地咒骂着。

"老婶，你看那'白虎'枭横不枭横呢！他在书斋头和乾喜老叔，独目鹅叔，阿五，阿六一群人在争闹着这回为什么会崩堤。争闹了大半天，这不是肚子太饱吗？那乾喜老叔说这回的事情完全被湖子乡弄糟；独目鹅叔又说是因为溪前乡太偷懒了，才有此祸；那阿五说是×娘的'乡绅'打铜锣打得不响，那阿六又说是因为堵堤的'人仔'不出力。那'白虎'，自作聪明，他抢白说别人说的话都不对，崩堤是因为南洋汇来的几十万筑堤的捐款，都被民团总办和各乡的绅士拿去，以致堤里面没有下着'龙骨'，才会这样容易崩坏。他不该昏头昏脑地又说'那家人'——指小二老爹——也领到一笔款。那'白虎'，说话也不顾前后，他不知道乾喜老叔是'那家人'的爪牙。自然啦，乾喜老叔翻脸了，他×爷×娘地骂着那'白虎'！那'白虎'没处出这口毒气，回家来象要对人死似的：'X娘！还未弄食！'我说，'你骂谁呀？家里连番薯都吃光了！'那'白虎'不问来由地叱着我：'×娘的！我骂你呢！你待怎样？'我也冒火了，'白虎''短命'地咒骂了他几句。并且说他这半天到那儿挺尸去，也不会借一些'番薯'回家来。你看，那'白虎'，睁起他的那对死猪目一样的眼睛来，一脚踢上我的心肝头了，口里说：你这×娘怕不怕死呢？我忍着痛咒骂着说：'那个怕死，死了更清闲！那'白虎'，真个不顾死活地，又把我踢了几脚！老婶，你看那白虎枭横不枭横呢！死！我要是真个死，看他怎样抚养着他的一群儿子呢！一个二岁，一个四岁，一个六岁，一个八岁……"

她莫名其妙地停止着不再哭了，好像她已经把她满腔的哀怨发泄清楚了似的。阿进的母亲抚着她的肩，怜爱地说：

"啊！踢伤了可不是要的！下一次你还是忍耐一些才好，男人的脾气是不好惹的，当头他好像老虎，过后他会来向你赔不是的。瑞清嫂，你的瑞清兄虽然是脾气坏些，'心地'却是好得很呢。你看他，平时对待人是怎样好的呀！"

"那白虎，心肠倒是不会狠毒的。"关于这一点瑞清嫂也同意了。"他对待他的儿子也还不错的，平时他也不大打我的，这一回想是发昏了。"

"对啦，瑞清嫂，你这样子想，才对啦！"阿进的母亲脸上溢着一种息事宁人的气色。

跟着，瑞清嫂低声地问着阿进的母亲说："阿进叔呢，近来有什么消息没有？唉！这个天年做人真是艰难啊。"

阿进的母亲镇定地说；"有倒是有一点消息，可是不敢回家来呢。"

"是的呀！回家来，'那家人'知道了也是不肯甘休的，他在家时惯和'那家人'作对头的啊。"

她们又继续地谈了一会,"番薯"已经炊熟了的时候,阿进的母亲坚持着要瑞清嫂拿了一半去。瑞清嫂感激地掀起了她的粗黑夏布衣的衣裾,把熟"番薯"一个一个地塞进里面去。阿进的母亲说,那块膏药,等她找到时,便替她送去。瑞清嫂点了点头,象一只母猪似的,缓缓地踱过那木板去。

这天,阿进家中,"番薯"也吃光了,早餐和午餐都由阿进的母亲到邻家乞"番薯"去。情形是再也维持不住了,阿进坚决地向着他的母亲说,无论如何他是不能再停留在家中了。他恳求着他的母亲,允许他即晚坐着"木排"到邻村的一个朋友家中借一两斗米去,同时他说他不能回来,那一两斗米他会叫他的朋友送来的。

听了他的这些说话,他的母亲凄楚地向着他说:"到外面去?又是去干那一回事体吗?……而且不回来啊!"

"我想到外面挑担子,做短工,赚一点钱来帮助家用呢。"阿进咽声说,眼泪来到他的睫毛上,尽管他心里想怎样继续干下去,口里只是说不出来。

看着她的儿子这样伤心,阿进的母亲觉得愈加凄楚起来了,她用着她的在震颤着的手指把住了阿进的手,没有牙齿的嘴巴一上一下地在扭动着。可是这继续着没有多久,她忽而恢复了她的平常的镇定的而且兀然不动的态度了。她开始用着哄小孩子的声调在抚慰着她的儿子:

"儿呀!不要到外面去吧!外面的世界是险恶不过的呀!你只要好好地坐在家中,过了一年半载,人家把你从前的事情忘记,便不会再怀恨你了。那时候,你便可以再在这乡中领了几亩园田来耕作,安安静静地过了一生了。……唉,儿呀!你不要因为我们的家境太穷便烦恼起来啊。穷有什么要紧呢?只要我们的品行好,对得住天地,怕比那些狠心狗行的富人还要来得快乐一些呢。……我们家里虽然连'番薯'也吃光了，但这有什么要紧呢？大水退后，阿妈可以去做乞丐婆，也可以去做媒人，做乞丐婆，做媒人随便那一件都可以养活你啊。……儿呀，你不要替你的母亲害羞啊。只要品行好，又不偷人家的东西，又不向人家搬说是非，做乞丐婆，做媒人有什么失体面呢？"

在她的这样说话中间，她的态度异常泰然，昏花的老眼也在闪着光。实在呢，她一生所度的生活并不会比乞丐婆和媒人好些，因而在她的眼里，即使做着乞丐婆和媒人也没有多大的不幸啊。

阿进象死人似的沉默了一个钟头以上，眼泪反而流不出来了。事实上，他是不能够再停留在家中的，但离开他的母亲呢，这在他是多么悲怆的一件事情啊。照着他的母亲所说的那样做去吗？这又那里可以呢？他，一个年富力强的儿子，要待他的六十岁的母亲做乞丐婆，做媒人来养活他！这是怎样讲呢？……

鼓起了比拿起枪在战场上射击着还要多千百倍的勇气，阿进嗫嚅地向着他的母亲解释着，穷人们惟一的生路只是向前。那回事是穷人们惟一的希望。没有那，他们永远是没有翻身的日子的。没有那，一代又是一代，做父亲的只好让他们随便拿去砍头，做儿子的也只好让他们随便拿去枪毙了。

跟着他又向着她说，坐在家里是比较到战场上去还要危险的。日子一长了，小二老爹一定会知道他回家的这个消息，那时候一切都完了。……

听了这些说话以后，阿进的母亲始而啼喊着，继而镇定起来了。

"那么，你还是赶快逃走好！我的苦命的儿子呀！"她开始地又在扶慰着她的儿子，用着她的多筋的手掌在抚摩着他的头顶。

这时在阿进的眼中，他的母亲变成了一位半神性的巨人了。这巨人是一切灾难所不能够磨折的，在她里面有了一种伟大的力量，而这种力量是在把人类催进到光明的大道上去的。……

　　洪水已经退了约莫两尺的光景了，阿进和他的母亲谈话时可以站在楼板上，那是积了半寸来厚的"溪泥"的。许多撞破，胀破，或者打翻了的东西上面都薄薄地涂上了一层"溪泥"，那好像女人的脸上搽着粉一般。太阳光从天窗口探进来，照燃着在这一切之上，腾上了一层带虹彩的轻烟，同时，发出来了一种绍兴酒一般的气息。

　　也许是有了一种特别的原因吧，小二老爹家中这两天可不大唱着《十八摸》了。到底是不是因为洪水退了反而觉得不快乐起来呢，这是很难知道的。

　　年青的农民坐着"木排""竹排"到村外去的，又渐渐地多了。他们的脸上都充满了一种欢喜，那便是一二天内便有到坚硬的地面上奔走着的可能的欢喜。他们纷纷地提着网到各处捕鱼去，依据他们的经验，当洪水退时，鱼忙赶着流水"归溪"，每日夜碰幸运很可以捕到几十斤的鲤鱼和大头鱼这一类呢。

路　上

一九二六，六，廿九日。

　　我们今天从 N 地出发了。我的心兴奋得近于刺痛！

　　我们这一队军队，在我们这有了四千余年历史的古国里算是第一次出现的。我们这二三十个女兵，也算是第一次在军队中出现的。这样，真个令我感到满足和惭愧了。

　　听到象哭着，象怒号着的喇叭声，听到象叱咤着，象叫骂着的铜鼓声，我全身的血都沸着了，都沸着了！

　　看见许多大旗，在风前招展着，就好像在诉说全世界被压迫的人们都起来争自由一样。呵！美丽哟！

　　今天，几万人中，我想密司吴，算是顶高兴的了。她的手腕太短，举起枪来，全身都在摇动着。但她是多么快乐啊，她眼睛里分明燃着一种慷慨赴难的勇气。她握着我的手不住地在跳着，我觉得她真是可爱极了！

　　“妹妹！你疯了吗?”我含笑抚着她的柔发。

　　“多么快乐啊！你看！我的枪刀在闪着光呢！呵！呵！呵！”

　　她大笑起来。

　　“大姊姊！”密司黄镇定的说，脸上溢着微笑。

我和着她一道笑着，心里快乐极了。

密司黄比较密司吴高了一些，性情很好。把她们两人比较起来，密司吴活泼，密司黄温柔。她们都比我小了一岁，因此她们都叫我做大姊姊。虽然是离乡别井的我，但有了这两个可爱的小妹妹，便完全不曾觉得寂寞了！

我们在路上不断地唱着歌。唱着那条"英他拿逊南儿"的歌。真正和学校里面春日旅行一样的快乐，不过雄壮得多了。

我们这一天跑了约莫六十里路的光景，疲倦得要命，但心里仍然觉得快乐得很。

晚上我们二三十个都在一处睡觉。在营幕里面，望出去，遍天尽是星光。

一九二六，七，三日。

天天都有子弹从头发上穿过。

我们二三十个女兵在当着救伤队。我的枪虽然带在身上，可是还未尝用过，觉得有点气愤啊。

天气热得很，每人都穿上一套厚军服，确有点熬不住了！

我们同伴有一个太胖的，走不动，她哭起来了。真讨厌，为什么要哭呢，不能耐苦，这是小资产阶级的薄弱的根性啊。

她的名字叫楚兰，她一向跟着人家革命，都不过闹着玩玩。她爱出风头，爱闹恋爱。她和一位大人物很要好，那大人物弄了一只马来给她骑着。怪难看地，他扶着她坐在马身上。一不提防，她便从马身上跌倒下来了。我和我的二位小妹妹，和我们队伍里的人物，都在拍掌大笑。

"他们这样不能够耐苦，他们不配干革命！"我们暗地里这样说。

我们明白了我们的使命，我们永远要表示出我们的勇敢，直至最后的一个呼吸。

傍晚，斜阳象血般的映着大旗，有几只战马在悲嘶着。这儿有许多山，正躺在黄色的日光下做梦。（不！在枪声炮影之下，这些山一定不能够再安稳地做梦了。）

歌声依旧未尝离开我们的嘴唇，微笑依旧在我们的脸上跳跃。

枪声比一切的声音都要伟大，我现在这样觉得。在"啪哗，砰砰"的声中，我的心头格外舒适。我相信我们的出路要由这样的枪声才冲得出来哩。

一九二六，七，八日。

我们到了 W 县了。今天我们加倍的快乐，我们把敌人全部地击退了。

胜利的旗帜在各机关，各团体之前飞扬着。

楚兰也眉飞色舞了，她跟着那位大人物到各处去演讲。碰到我们的时候，她便眯着眼笑着。要在平时我会觉得这种笑是可爱的，但在楚兰她简直是不配笑的。

我们都晒得很黑了，但我们却更显得强健。密司黄，密司吴，和我，和我们的队伍，都一样地很强健。

我们的大队却损失不小，这真值得悲伤！他们——这些死者——都是这新时代的前驱，他们都站在全人类之前——那些反动的人们，我们暂时不承认他们是人类——在为全人类创造光明。他们的死，是全人类的莫大的损失。值得悼惜啊，他们！值得崇拜啊，他们！

W 县是个山县，建筑很古旧，还没有开辟马路哩。我们的大队和这儿的群众在街上跑着时，都觉得太狭隘了。

晚上，电灯亮了，满城充塞了歌声和胜利的口号。

我们希望不久便可以到 C 城去，把 C 城全部占据起来。

整晚我没有睡觉。我感到一种生平未尝有过的愉快。用我们自己的刺刀刺开来的出路，和平常的路有点两样。用自己的力量创造出来的光明，和平常的光明有点两样。我第一次感到这样有代价的愉快啊！

一九二六，七，十五日。

今晚，我们预备在山上过夜。

山上面挂着一轮月亮。不是白色的月亮而是血色的月亮！我们爱这样的月亮。枪声不曾完全停息着。拖了一条影在月色里倒下去的便是死去了的。照诗人的解释，这样的死一定是值得说是很美丽的呀！

我们照常地在开着会。而且比平时开得更加有精彩。

坐在三几株松树之下，一片岩石之上，晚风在扇着，我们觉得很是舒适，忘记着身在战场了。主席是救伤队的队长。他是个很有趣的人物，他说话的口音很不正，但我们都可以听出他是在讲什么。他的身材很矮小，戴着近视眼镜。他是个很负责任，很能够工作的同志。

政治报告之后，继着工作报告，再后是整个工作的批评。结论是我们应该更英勇些。伤兵需要我们的救护，正如有病的小孩需要母亲的爱抚一样哩。

在这样肃静的夜中，从远处的营幕里时不时传来三几声军号。那声音里，唤起了我们的悲壮的情绪。一般人们说，女人们喜欢流泪。至少，在我自己便觉得这话有些不对，我们哪里喜欢流泪，我们喜欢喋血哩！

一九二六，七，二十日。

我们跑了一千多里路了，一千多里路了。我们虽然天天打胜仗，可是我们天天窘起来了。

在烈日下，在风雨中，在饥饿和缺乏睡眠的状况里面，我们一天一天的把我们的意志炼得铁一般坚强起来了。象初出发的时候一样，我们依旧不断的唱着歌。

一部分意志不坚强的小资产阶级分子渐渐地失望起来了。象楚兰一样在鸣不平的人一天一天的多起来了。他们说："太苦了！太苦了！太苦了！"

真糟糕！他们原来抱着享乐的心理到来参加革命哩！

那些兵士真可爱！（当然有很小很小的部分是不行的。）他们只晓得冲锋，不晓得退缩是怎么一回事！冲锋！冲锋！要有子弹的时候，他们便想冲锋！干便干，不会畏首畏尾，象他们才算是有了普罗列塔利亚特的意识呢！

各地的农民，不断地给我们以帮助。在他们的粗糙的手里，握着欢迎旗；在他们的嘶破的喉咙中，唱着革命歌。他们都知道他们的时代已经在他们的面前了！

城市间的人们，也给以我们很大的帮助。他们都在希望我们快一点帮助他们去，他们都被压逼得太厉害，想换一口气呢！

到了C县了。我们的队伍即刻被人民欢迎着。

我们转战千里的结果，牺牲太大了。我们现时的人数和出发时的人数比较起来，减少了三分之一了。但我们决不退缩，我们都明白，我们的死者，是我们到成功之路去的桥梁。

每天，每天耳边都听到子弹的声音。但我们这救伤队死的却是很少。这真奇怪，难道不怕死的结果，连子弹都害怕我们么？

在一场混战中，我们这队女兵居然有了打仗的机会了。我和密司吴，密司黄都没有死；我们的子弹却的确地穿进了几个敌人的胸膛里去了。我们几个人今天为了这件事简直欢喜得忘记吃饭。"小妹妹，你的短短的手腕居然亦能够开枪？呵！呵！"

"为什么不能够！我的枪术比你还好哩！"

"二妹呢！你今天的成绩怎样？"

"也不很坏！嘻！嘻！"

我们谈说着，充满着一种有目的的快慰。

楚兰和那位大人物，似乎愈加亲密起来了。浪漫得怕人，在这样危逼的状况下，他们还在闹恋爱哩！他们爱安闲，爱享福。楚兰居然由小姐式变成少奶式了，她一路不是坐轿便是骑马，没有好东西便不吃，没有好衣衫便不穿。有些时，她甚至调脂弄粉起来呢！唉！放弃着伟大的工作不做，她只愿做一个玩物！

由这场战争里面，我深深地感觉到小资产阶级在这伟大的时代之前一定不能够干出一点重要的工作出来，除非他们已是获得普罗列塔利亚的意识。

一九二六，七，廿八日。

我们占据了 T 县和 S 埠了。T 县和 S 埠都是 C 省重要的地方，这使我们多么兴奋啊！

T 县的山水很秀雅，县城里面已筑有马路了。

胜利的歌声在农村间传播着。土豪，劣绅，和一切反动派都照例先行逃避了。

经过了一个多月的苦战，我们的战旗被血染污了，我们的战马渐渐羸瘦，我们的战士渐渐疲倦了。但，我们仍然不退缩，我们时时刻刻地在预备着作战而死。

　　我们这队女兵，在一般的人们眼里成为一种神秘。他们都说，我们的人数是多到了不得的，而这次得到 T 县，完全是女兵的力量。哼！他们实在是在做梦哩。

　　今天下午，我和两位小妹妹一道到茶楼喝茶去。我们坐下去之后，便有几个妓女来坐在我们面前，兜揽着我们唱着小调。她们向我们献媚，呈献出许多淫荡猥亵之态来。这真难为情了，她们见我们穿着军装，都误会我们是男人呢。

　　"不，我们不高兴听你们小调！"我们说。

　　"先生！听一听啦！我们的喉咙并不坏呵！"她们说。

　　"不，没有意思哩！"

　　"先生！好啦……"她们一个个地走来坐在我们身上，眼睛尽向我们瞟着。

　　"别开心，我们都和你们一样是女人哩！"

　　"真的吗？真的吗？哎哟哟！咦！"

　　许多闲人老来围着我们观看，她们脸上都羞红了，我们也是老大的觉得不好意思。我们马上跑了。

　　我们真个象男人一样吗？这真有趣极了！

一九二六，八，五日。

　　睁开眼睛来，发觉得自己睡在红十字会的病榻上。这种景象，简直令我吓昏了。为什么，为什么我会睡在这病榻上呢？

　　因为被包围的缘故，我们的大队和敌人冲锋到二十次以上，但结果是失败了，失败了。我们的战士差不多都饮弹而没；我们的发亮的枪都被敌人贪婪地拿去了。我们的大旗被撕裂了，我们的战马被他们宰了，以为犒赏军士之用。这些事都是一二天以前的事吧，我实在是朦胧地记不清楚了。

当敌军入城的时候，我才跟着大队一道出走。被敌人赶上的时候，我从城墙上跳到城下去。我以为一切都完了。谁知我却被他们抬到这红十字会里面来就医。

我当然是曾经发昏过，但已经发昏了几天，我实在不能够知道。

我开始感觉到全身疼痛，我的四肢和头部都跌伤了。

是正午时候，窗外日光黄澄澄地照着，隐隐约约间有几叶芭蕉的大叶在风里招展着。婵声怪嘈杂的在叫着，天气还热呢。

我躺在这样凄冷的病室里面，整个地被浸入孤独的毒浆里。我想起我们的战士，想起我们的大旗，想起我们的口号，想起我的两个小妹妹。我觉得我躺在另一个世界里面了。这世界对于我整个地变成一种嘲弄。于是，我想起我的枪来，然而那已经老早被他们拿去了。啊！他们把我的枪拿去，简直比较把我的生命拿去，还要令我难过。

有了一二个白衣白裙的看护妇时不时到来看我，她们似乎很怜悯我一样。我对她们有一些感激的意思，同时也有些看不起她们。她们的思想太糊涂，她们用一种怜悯的心情来看待我，简直是错误了。我们所需要的谅解与同情，（当然这些也不是我们所需要的重要部分。）我们是绝对不需要人的怜悯的。

夜里头，我的伤口愈加疼痛起来，在惨白色的灯光之下，我想起我的死去了的父亲和母亲，我几乎流下眼泪来。但我终于把它忍住。

一九二六，八，六日。

我真不知道怎样说出我的快慰，今天密司吴和密司黄都被送到这医院来，和我住在一处了。她们本来没有病，也没有伤；因为没有地方归宿，终于被他们送到这医院里来了。

我和我的两位小妹妹见了面便紧紧地抱在一处，这回却禁不住哭起来了。

"怎样干?"

"且住他几天再说，我们都太疲倦了，躺一躺不要紧吧！呵！呵！呵！"

"依旧是顽皮！"

说了一回之后，我们依旧唱歌起来了。

我们象初出发的时候一样快乐，我们照旧在笑着。

归　家

　　村前大路上堆积着澹澹的斜阳光，已经是暮晚的时候了。从这条大路上回家的牧童们坐在水牛背上悠然地在唱着歌，那些水牛们跑得很是纡徐，面孔上挂着一种自得的神气。大路两旁，闪映着甘蔗林的青光，望过去，和冥穆的长天混成了一片。

　　这路的尽头便是一道用几片大石排列而成的高约一尺的短垣。这短垣的作用大半是在阻止着家畜——尤其是猪——到田园上去践踏，同时，便也成了一道划分村内村外的界碑。从这短垣踏出去的是出乡，踏入来的是归乡。短垣旁有了一株龙眼树，那盘踞着在路口就和神话里的虬龙一般。这虬龙站在这路口走关注着这乡中进出的人们，做他们的有益的伴侣，从他们的祖先时代到现在，一直到将来。

　　景象是平静到极点了，然而这平静继续着没有多久便被一个生客所打破。象一片石子投入一个澄澈的池塘，池面上即时起了涟漪似的，这生客刚从甘蔗林伸出头来，坐在牛背上的童子们即刻便注视着他，喧嚷起来了。

"喂，那不是百禄叔吗？"

"啊，'番客'来了！啊，百禄叔一定是发洋财回来呢！"

"啊哈，百禄叔，我们要'分番饼'啊！"

"啊哈，番客！"

"啊哈，发洋财回来了！"

这所谓"百禄叔"的是一个瘦得象枯树枝一样的人物。他显然是被这些村童们的问讯所烦恼着，他甚至于想再走进甘蔗林里去，但他刚把脚步向前踏进了一步，却又停止了。他的脸上显出多么懊丧而且悲伤啊。他的目光暗弱的眼睛闪了又闪，眉毛不停地在战动着。

"×恁老母！不要做声吧！"百禄叔忽而奋勇地走到大路上，口里喃喃地叫骂着。虽然，他没有害病，但他开始发觉他的两足是在抖颤着了。这蟠踞着在路口的老树，这老树旁边的短垣……这说明他的确地是回到了家乡，然而这倒使他害怕起来。他感觉到他没有回家的权利。……

他在甘蔗林旁边的大路上呆呆地站立着，眼泪浸湿了他的多骨的面孔，这使他的形状显出和一个老乞丐一般。

坐在牛背上的村童们看了他的这种形状都惊讶而沉默着。他们都已看出百禄叔是倒霉的，他和旁的"番客"并不一样。

"百禄叔，你遭了劫贼，金银财宝都被人家偷了去吗？"一个年纪较大的村童问，带着同情的口吻。

"怕是害了病吧？"另一个也是用着同情的口吻发问。

百禄叔只是沉默着，眼睛望着冥穆的长空，村童们的说话他显然是没有听到的。

在农村里不幸的事件是太多了，每一件不幸的事件都不能怎样伤害着人们的心灵。儿童们尤其是天真烂漫，不识愁惨为何物。所以，坐在牛背上的这些村童虽然在替百禄叔难过，但他们的心情却仍然是快乐的。这时狗儿尖着他的嘴唇，摇摆着头，很得意地仍在唱歌：

> ——我的爸爸是个老番客，
> 我的哥哥到外面去当兵；
> 我亦要到外面去闯一闯呀，
> 待到我的年纪长成！——

阿猪年纪比他大了一些，更加懂事些。他听见狗儿这样唱，登时便摆出师长一样的神气这样唱着：

> ——臭媚弟，
> 太无知；
> 你的爸爸许久无消息，
> 你的哥哥也不知道是生是死；
> 你的妈妈整天在吞声叹气，
> 亏你还有心肠到外面去！——

百禄叔仍然呆呆地在站立着，他惟一的希望是天快些黑，他可以隐藏着他的难以见人的面目在夜幕里，走回到他的家中去。这不是太奇怪的事体吗？他曾经在和邻乡械斗的时候拿着一柄"单刀"走到和敌人最接近的阵线上去，曾经在戏台前和人家打架的时候，把他的臂膀去挡住人家的杆杖。可是，他却没有勇气回到他的家中去。

村童们一个个归家去了，他们的清脆的歌声，活泼的神气，葱茏的生机都使他十二分羡慕。这使他忆起他从前的放牛的生活来。他的脑子里跃现着一幅幅的风景画片，草是青色的，牛是肥肥的，日光是金黄色的。那时他的歌声，他的神气，他的生机也和现在的村童们一样的，然而这一切都消失去了，牛马似的生涯磨折了他。他相信这是命运。是的，一切都是命运。他想现在的这些村童，将来也免不了要和他一样变成老乞丐似的模样，这也是命运。关于这一点，他是很确信的，一个人要是命运好的，那他便一定不会到农家来投胎了。

百禄叔想到命运这一层，对于现在他自己这样惨败的状况几乎是宽解起来了。但他一想到他的老婆和他吵闹的声音象刺刀似的尖锐，他的心里不觉又是害怕起来了。

……

呆呆地站立了两个钟头——这两个钟头他觉得就和两个年头一样长久——夜幕慈祥地把百禄叔包围起来。星光在百禄叔的头上照耀着，龙眼树，甘蔗林都在沙沙地响。象喝了两杯烧酒似的，百禄叔陡觉兴奋起来了。他拔开脚步奔跑着，就好像在和人家赛跑似的奔跑着。一个蚂蚁尚且离开不了它的蚁穴，一只飞鸟尚且离开不了它的鸟巢，一个人那里能够不想念他的家庭呢。百禄叔虽然是害怕着他的老婆，但他想世界上最甜蜜的地方仍然是家庭哩。

他奔跑着，奔跑着，石子和瓦砾把他的脚碰伤了，但他一点也不回顾。最后，他终于孤伶仃地站在他的家的门口了。他的心跳动得很利害。他想他的老婆如果看不见他，让他幽幽地塞进家里去便再好没有了。

可是百禄叔的想象显然是失败了。当他刚把他的脚踏进他的家中的时候，那身体笨大，两只眼睛就如两只玻璃球的百禄婶已经发狂似的走到他身边来。她呆呆地把他怒视了一下便把她手里的扫帚杆向他乱打，同时歇斯地里地啼哭着，咒骂着："你这短命！你这'白虎咬'！你还没有死去吗？……"

百禄叔的脸色完全变成苍白了，他的嘴唇一上一下地战动着。

"你这×母！"他抢开了她手里的扫帚杆，喘着气说。

"你这短命！你这'白虎咬'！亏你还有面目见人！亏你也学人家讨老婆，生儿子！……你这短命！你这'白虎咬！'哎哟，'过番'！人家'过番'，你也学人家'过番'！你'过番'！'过番'！'过番'！过你这白虎咬番！……"

"×母你，不要做声好不好！"百禄叔把头垂到他的胸前，两手紧紧地把它抱着。

"不要做声！……你这短命！……你这白虎咬！你也学人家'过番'，人家成千成百地寄回家来，你呢，你连一个屁也没有放！……你这短命！你这'白虎咬'！……我不是苦苦地劝戒你，叫你不要过番。'作田'（即耕田的意思）虽然艰苦，嘴看见，目看见，比较好些。你这白虎！半句说话也不听，硬要'过番'，（过番，即到外洋去的意思。）你说，'番邦'日日正月初一，伸手便可以拿着黄金！你这一去包管是发洋财回来！发你这短命的洋财……你也不想想，一家四五个嘴，阿牛，阿鸡又小，不会帮忙，你到番邦去快活，一个钱也不寄回来，叫我们怎样过活呢！……你这狠心的短命！你这狠心的'白虎'！你的心肝是黑的，你的心肠是比贼还要狠啊！……你这短命！你这'白虎'！……"百禄婶越哭越大声，越哭越伤心。她终于再拿起扫帚杆，拚命地走到百禄叔身边去把他乱打着。

"你这×母！你是在寻死吗？"百禄叔又是把她手里的武器抢开，出力地丢到门外去。他觉得他的老婆咒骂他的说话句句是对的，他自己也把那些说话向他自己咒骂了一千遍以上。但他暹罗也去过了，安南也去过了，新加坡也去过了，到处人家都不要他，他在番邦只是在度着一种乞丐似的生活，哪里能够把钱寄回家里来呢。用着一种近于屈服的口气，他这样地继续着："赚钱也要看命运！命运不做主，这教我有什么办法呢？我并非不知道家中艰难，但没有钱上手，我自己也得捱饿，哪里能顾到家中呢？……"

"你这短命，你既然知道番邦的钱银难赚，怎么不快些回来呢！
……"百禄婶的阔大的脸部完全被眼泪和鼻涕浸湿，她拿起她的围巾出力地揩了一下，愤愤地用拳头打着她的胸。"唉！狠心的贼！阿牛，阿鸡又小，不会帮忙，阿狮虽然大些，单脚独手怎样种作呢？
……你这短命，我以为你已经死了！要是我年轻一些我早就想去嫁了！你这短命！……"

"你这×母！你要嫁就嫁人去！"这回，百禄叔却有些愤然了。

"嫁人去！你这短命！你这白虎咬！要是我真个嫁人去，看你怎样抚养这几个儿子！你这狠心的短命！你这狠心的白虎！……那一回，你这短命欠纫秋爷的谷租，被他捶打了一顿，回到家里来便要对人死，赌神咒鬼，说你以后一定不种作了。我不是向你说，穷人给人家捶打一两顿，这有什么要紧呢？如果照你这种想头，受点气便不种作，那天下的田园不是都荒芜起来，人人都要饿死了吗？你这白虎，半句说话也不听，偏偏要过番去！过番！过番！过你这白虎咬番啊！你这短命！你如果在番邦死去倒好些！……"百禄婶咒骂混杂着啼哭都和喇叭一样响亮。这时她的门口已经被邻右的来观热闹的人们层层围住了。百禄婶的儿子阿牛，阿鸡也从外面走回家来。阿牛年约七八岁，阿鸡年约五六岁，他们都睁着小眼睛，望望着他们的母亲和这个生客。为着一种义愤所激动着，他们都向着这生客叱骂着："喂，×母你，不要坐在我们家里啊，你这老乞丐！"

"啊，我要打死你哩！"

百禄婶一一地给他们打了一个耳光，顿着足叫喊着：

"你们这两个小绝种！"

阿牛和阿鸡都啼哭起来，滚到门外去。观热闹的人们都大声地哗笑起来。

"连自己的父亲都不认识！哈哈！"

"哈哈！叫自己的父亲做老乞丐！"

这时白薯老婶从人群中钻出她的头发白透了的头来。她用着她手里的"拐杖"出力地击着地面，大声地咒骂着："砍头的，你们这些没有良心的砍头！人家这样凄惨，你们偏有这样的心肠来取笑人家！"

"对呀！你们不要太没有良心啊！……"芝麻老姆赞同着，她也颤巍巍地挤进人丛里面去。不知那一个顽皮的在她的背后把她推了一下，她全身摆动着，几乎跌下去，口里却喃喃地咒骂着："呀！那个白虎咬仔，这样坏透啊！"

百禄婶这时已经不大哭着，她用着诉苦的声气向着这群观众诉说着：

"大家呀，你们听呀，世上哪里有一个人象这白虎咬这样狠心狗行啊！……过了这么多年番，连一个钱也没有寄回来，这要叫他的妻子吃西北风吗？……"

百禄叔只是沉默着，好像在思索什么似的。他的样子是可怜极了，那灰白而散乱的头发，那破碎而涂满着灰尘的衣衫，那低着头合着眼的神气，处处表示出他是疲乏而且悲怆，处处表示出他是完全失败，被这社会驱逐到幸福的圈子以外。为什么会致成这样呢？依照百禄叔的解释，这是命运；依照百禄婶的解释，这是因为他忍受不住人家鞭打，不听说话地跑到番邦去。……

白薯老婶眼睛里湿着眼泪，走到百禄嫂身边去，挽着她的手，拍着她的肩，象在抚慰着一个小孩子似的说：

"阿嫂，不要生气啊。阿兄回来就欢喜了，钱银有无这是不要紧的。……"

芝麻老姆频频地点着头，自语似地说：

"对阿，钱银实在是不紧要啊。'留得青山在，不怕没柴烧。'……运气一到了，钱银会来找人呢。"

"唉呀，老婶，老姆，你们不知道，这白虎咬完全不象人！……

他累得我们母子一顿吃，一顿饿，捱尽千凄万惨！……"百禄婶又是啼哭起来，她把她的头靠在她的手股上，软弱地在灶前坐下去。

"阿嫂，已往的事情不说好了。……夫妻终归要和气才好。……现在你咒骂也咒骂够了，阿兄完全没有做声，这便是他承认他自己是有些过错哩。……呵，百禄兄，你怕还未吃饭吧？……哎哟，真惨哩，因为太穷的缘故，回到家来没有人来向你说一句好话，连饭也没有吃一碗啊！……啊，阿嫂，你快些替他弄饭吧。……我看还是弄稀饭好，就拿点好好的'咸菜'给他'配'好了。他在外面久了。这家乡的'咸菜'一定是好久没有吃过的。……"白薯老婶说得怪伤心，她自己亦忍不住地抽咽起来，她的两腮扇动着就如鱼一般。

芝麻老姆已经走到灶前，伸出她的多筋的手拿起火箝来，一面这样说："哪，我来替你们'起火'！阿嫂，你去拿些米来啊，这真快，用不到几个草团，饭便熟了！……"

百禄婶用力把芝麻老姆推开，一面啼哭，一面叫喊着：

"替他弄饭，替这白虎咬弄饭！这是怎么说呢！唉，老婶和老姆，你们怕是发昏了！……他一两餐不吃打什么要紧，我们母子这么多年不知道饿了几多餐呢！……"散乱的头发，披上了她的面部，眼睛一上一下地滚转着，百禄婶变成熊似的可怕起来了。

百禄叔忽而象从梦中醒来似的站直着他的身子，他的眼睛呆呆地直视着，于是他跳跃起来，向着门外奔跑去。

"百禄叔，你要跑向那里去！"

"百禄……"

"啊，他一定是发狂了！……"

看热闹的观众这样喧闹着，他们试去阻止他，但是已经没有效果。

百禄婶从灶前跳起身来，就和一只猛兽一样矫健，她一面推开着观热闹的人们向前追赶，一面大声叫喊着：

"你短命，你要跑到那里去？"从她这咒骂的声气上面，可以看出她是露着忧愁和悔恨想和他和解起来了。

"你也骂得他太狠了！"

"太没有分寸！"

白薯老婶和芝麻老姆喃喃地在评说着。

……

百禄叔被百禄婶半拖半抱地带回来。在他们间似乎经过一度争执，因为两人的脸上都有些伤痕。百禄叔的额上有几个流着血珠的爪迹，百禄婶的眼睛下面有了一片青肿。百禄叔象一个病人般地在喘着气，百禄婶在啼哭着。她把他紧紧地抱住着，好像怕他又是跑去一般。用着一种近于抚慰的口气，她向他这样咒骂着：

"你这短命，我刚这样骂你几句你便受不住，我们吃的苦头比你多得千百倍呢！……"于是，她用着她的有权威的声气向着他吩咐着："哪，坐下吧！"她敏捷地走去纺车上撕出一片棉花，在一个洋油樽中浸湿着洋油，拿来贴在他的伤痕上。"就算我太狠心吧，但，我的眼睛也给你打得青肿了！……"

百禄叔把头俯在他老婆的肩上，象一个小孩似地哭了起来。他的神志比较清醒了。他用着一种鸣不平的口气说："……你让我到外方去吧，我和你们……"

"你这黑心肠的白虎咬，你还想到外方去吗？"百禄婶恫吓着他。

"命运注定我是一个凄惨人！我何曾不想福荫妻子，赚多几个钱来使妻子享福！"百禄叔缓缓地诉说着。"但是，命运不做主，这教我有什么办法呢？就讲种作吧，我的种作的'本领'并不弱，这乡里那一个不知道我百禄犁田又直又快，种作得法呢？但，这有什么好处呢？我的父亲留给我的只是一笔欠债，我整整地种作了二十多年，这笔债还未曾还清。每年的收成，一半要拿去还利息，这样种作下去，种作一百世人也是没有出息的啊。……我想过番，这是最末的一条路。但那时我还希望这条路怕会走得通，说不定我可以多多地赚一些钱来使你们享福。我真想不到番邦比较唐山还要艰难呢！我们无行无铺，吃也吃着'竹槌'，睡也睡着'竹槌'，这比种作还凄惨得多哩！……"

阿狮已经从外面回来，他看见他的落魄的父亲，咽声地问讯着："阿叔！你回来了！"

"替你的父亲煮饭吧，他还未曾吃饭呢！"百禄婶这样吩咐着。

阿狮点着头，即时蹲在灶前"起火"，他的躯体比他的父亲还要大些。他的眼睛点耀着青春的光芒，他的臂膀的筋肉突起，显出坚强而多力。百禄叔把他看了又看，心中觉得有一种说不出来的快慰。在这种悲惨的生活中，他看见了一种幸福的火星。他想从此停留在家中，和阿狮一道种作，缓缓地把欠债还清，以后的生活，便一年一年地充裕起来，这怕比较跑到任何地方去都要好些。

观热闹的人们渐渐地散去，阿牛，阿鸡也走进室里面来。他们都站在百禄叔旁边，渐渐地觉得这比老乞丐没有什么可怕，也没有什么可恨了。阿鸡露着他的小臂膀用着他的小拳头，捶着百禄叔的肩头，半信半疑地叫着："阿叔？"

阿牛望着阿鸡笑着，即时走到他的哥哥身边去了。

这时，白薯老婶和芝麻老姆脸上都溢出笑容，缓缓踏出百禄叔的门口。白薯老婶把她的"拐杖"重重地击着地面赞叹地说："这样才好，夫妻终归要和气才好啊！"

"对啊！"她的同伴大声地答应着，哈哈笑将起来了。